No canto da quadra

No canto da quadra

Tarcísio Buenas

Copyright © 2018 Tarcísio Buenas
No canto da quadra © Editora Reformatório

Editores
Marcelo Nocelli
Rennan Martens

Revisão
Marcelo Nocelli
Natália Souza

Imagem de capa
André Kitagawa

Design e editoração eletrônica
Negrito Produção Editorial

Dados Internacionais de Catalogação na Publicação (CIP)
Bibliotecária Juliana Farias Motta (CRB 7-5880)

Buenas, Tarcísio
   No canto da quadra / Tarcísio Buenas. – São Paulo: Reformatório, 2018.
   136 p.; 14 x 21 cm.

   ISBN 978-85-66887-47-1

   1. Crônicas brasileiras. I. Título.
B928n   CDD B869.8

Índice para catálogo sistemático:
1. Crônicas brasileiras

Todos os direitos desta edição reservados à:

EDITORA REFORMATÓRIO
www.reformatorio.com.br

"*Tem que ser feliz, mas muito feliz,
pra gostar de piquenique.*"
JOTA BÊ

"*Buenas, sem wi-fi você não aguentaria.*"
KICO STONE

"*Eu sinto saudade de acreditar.*"
MÁRCIO AMÉRICO

Sumário

Prefácio – Fernanda D'Umbra 11

Somewhere there's a feather. 15
Para aplacar a dor e as agruras do mundo 17
Amoroso, um álbum irretocável 19
Uma questão de sobrevivência 23
Ao relento. 27
Esbanjando seu belo sorriso 29
Exile on main street. 31
Antes mesmo de escutá-los. 33
Mulheres não gastam na livraria quando
   estão bêbadas 35
The killing moon 37
Death of a ladies' man. 41
Se eu pudesse. 45
A desolação natalina 47
Diane 51
Eu estava saindo do teatro... 53
A melancolia que bate nos pequenos lugares 55
Deserter's Songs 59

Vínculos 61
Das regras de ser macho 63
Qualquer estrada 65
Dime store mystery 67
Sincronicidade (Ou Golden slumbers) 69
É provisório 71
Crônica da garota ruiva 73
Na varanda 75
Rockaway beach 77
Silvia 79
E nunca mais voltarem (de quando eu morava
   no teatro) 83
Charlotte Sometimes 85
Keith 87
Madrugada de carnaval 89
Frank 91
O que importa 93
Matt Dillon, o melhor Bukowski 95
Dj do bar 97
É degradante 99
Na montanha-russa 101
A vida é perda 103
Pro bailinho 105
Entendo 107
Três acontecimentos na livraria 109
Não adianta nem tentar 111
Rua Guaianases, embrião da Cracolândia 115
Fotografia 3 × 4 117
Acre da Lucrecia 119
Aproveita 121

8 *Tarcísio Buenas*

Canalha?..................................... 123
Uma pin-up na minha vida 125
Um poema................................... 129
Coppola..................................... 131

PREFÁCIO

"E vocês não precisam concordar com nada que eu tentei dizer."

TARCÍSIO nos libera de cara. Somos livres aqui. Ele desfila suas preferências sem pudor, chama escritores e músicos por apelidos e deixa claro que este livro é uma bela descrição de seu estilo de vida. E literatura é isso: uma janela para uma rua desconhecida por onde entram sons estranhos. Ele mesmo ouvia a música que vinha do vizinho e um dia, ao buscar um livro, foi surpreendido com o disco Alucinação, de Belchior, que se tornou um de seus álbuns preferidos.

Um livreiro – que a exemplo de Pedro Juan Guitérrez – teve muitos ofícios nessa vida, todos responsáveis pela construção de seu imaginário. Seja como vendedor de iogurte no subúrbio de Salvador, supervisor de segurança de uma Secretaria de Estado da Bahia, barman ou vendedor de discos, nada passou despercebido para ele, que atravessou seu tempo e as cidades do país com os olhos e ouvidos bem abertos.

As melhores histórias se passam na casa de sua mãe, que comprava sua cerveja religiosamente e o ensinou a se divertir, mesmo quando isso não estava previsto. Na adolescência ele fazia parte de uma "geração que enchia a cara na noite, na madrugada, e no dia seguinte tomava café da manhã com nescau e sucrilhos." É verdade: um copo de nescau gelado opera milagres quando se está de ressaca.

Tarcísio descreve/escreve no livro sua opção pelo isolamento. E constata que estamos neste planeta para mudar de ideia. Há também muitas mulheres passando pelas páginas. Suas histórias com elas, suas brigas e declarações cotidianas de amor. Fitas cassetes gravadas para uma namorada na juventude, diálogos ácidos e negociações doces se alternam numa tentativa de entender o que se passa dentro de sua caixa preta. Ele está por todo canto: seus discos preferidos falam de amor e muitos livros que caem sobre sua cabeça têm o amor como monstro de cabeceira.

E agora Tarcísio é uma espécie de *dealer* desse sentimento confuso, porque é dono de uma livraria, a Buenas Book Store, e muitas histórias aqui descritas se passam ali, diante de seus olhos atentos e sua mudez proporcionada por fones de ouvido. Ele narra passagens engraçadas e outras um tanto tensas, alimentadas por um fenômeno muito comum, a violência de bar. Sua livraria fica no Teatro Cemitério de Automóveis, mas ele não fala sobre teatro, se concentra no que vê por baixo das escadas: flertes, discussões, risadas e brigas.

Sonic Youth, João Gilberto, Rolling Stones, Patti Smith, Echo & the Bunnymen, Bruce Springsteen, Big Star, Van Morrison, Leonard Cohen. Seu livro também destila seus gostos musicais. Uma literatura sonora, que poderia estar na vitrola. Uma espécie de LP com muitas faixas, que deve ser tocado sem parar porque, segundo o autor, "o lado B dá continuidade ao sublime".

Confesso que fiquei surpresa ao ser convidada para escrever este prefácio porque já tinha lido na internet seu texto "Mulheres não gastam na livraria quando estão bêbadas". E eu sou exatamente o contrário. Antes de existir a Buenas Book Store, a única livraria que ficava aberta nas madrugadas de São Paulo era a Mercearia São Pedro, onde deixei boa parte do meu dinheiro entre cervejas, uísque e livros. Hoje ainda faço isso.

No canto da quadra me levou a minha discoteca muitas vezes. Voltei a músicas que não escutava há muito tempo. Quando terminei a leitura registrei algo que me agradou imensamente: apesar dos apelidos que usa para se referir a seus cantores e escritores preferidos, Tarcísio, que nasceu em Cruz das Almas, na Bahia, não chama São Paulo de Sampa. Isso prova que, depois de sete anos vivendo nesse caos adorável, ele não é mais um estrangeiro aqui.

FERNANDA D'UMBRA
Outubro de 2018

Somewhere there's a feather

NOME: Tarcísio Nascimento Santana.
APELIDO: Buenas.
DATA DE NASCIMENTO: 18 de maio de 1972.
LOCAL DE NASCIMENTO: Cruz das Almas (BA).
GRAU DE INSTRUÇÃO: Não importa.
EMPREGOS QUE JÁ TEVE: Vendedor de iogurte no subúrbio de Salvador; supervisor de segurança de uma secretaria do estado da Bahia; barman; vendedor de discos e de livros.
STATUS DE RELACIONAMENTO: Solteiro.
FILHOS: Tenho dois.
ONDE VIVE: São Paulo (desde 2011).
ONDE TRABALHA: Na Buenas Bookstore, a única livraria que funciona na madrugada paulistana, localizada dentro do Bar e Teatro Cemitério de Automóveis (Rua Frei Caneca, 384). Montei a livraria em 2013.
FATURAMENTO MENSAL: Não importa.
SONHOS: Não divido com ninguém.
O QUE MAIS: Desejo que ninguém me perturbe quando estiver trabalhando. Já tirei onda de DJ em alguns bares

de Salvador e de São Paulo. Na livraria, costumo vender o que gosto, o que tem o perfil do lugar. Não tenho paciência com intelectuais esnobes. Tenho nojo dessa turma. Conheço muitos e finjo quase sempre que estou na deles. E eles acreditam. Considero Jack Kerouac o mais comovente dos escritores. Adorei saber que o Philip Roth disse numa entrevista que Kerouac é um eterno adolescente. Eu também sou um eterno adolescente e o Roth não me diz nada. Nunca me disse. O que me diz é Nico cantando "Somewhere there's a feather". Eu me calo como se fosse pra sempre. O mundo pode desabar. E aproveito pra dizer que este livro começou a ser pensado depois que li Joseph Mitchell e Gay Talese. Tudo começou quando escrevi "Amoroso, um álbum irretocável", numa tarde de segunda-feira. E fui elaborando e escrevendo os textos, sossegado, isolado, no meu canto. No canto da quadra.

Tarcísio Buenas
sp, 12 de junho de 2018

Para aplacar a dor e as agruras do mundo

QUANDO eu terminei nosso namoro, ela pensou que existisse outra mulher em minha vida. Questionou, bradou, e disse que eu não sei o que quero. "Um perdido no mundo". Como se eu estivesse procurando algo. Até parece. O que sempre procurei foi um canto com a música saindo do headphone. Alto. E os livros, ali. Um mundo que eu possa chamar de meu. Intocável, mas nem tanto. Ela não entendeu. Escrevi uma carta explicando os motivos. Ela não aceitou. Então coloco Closing time pra tocar. Esta fase é a minha preferida do Tom Waits. Sua voz ainda, digamos assim, macia, é mais bonita. Pura. Como uma dose de bourbon, sem gelo – não se deve pôr gelo no bourbon. Macula. Como a voz do bardo dos bares anos depois e seus excessos: fumo e álcool. Macula. Closing time é de 1973. Nasci um ano antes. Mas é de Closing time que estou falando. E do término. Eu ficava triste quando ela ia embora. Até pensei em escrever um poema com o título "Eu fico triste quando ela vai". Ficava mesmo. O tempo passou e muita coisa mudou. Ela terminou. Quando voltou pra mim, eu parecia não acreditar. Vivemos um intenso outono naquele ano. O inverno foi tenebroso. A primavera, tranquila. Ela já tinha caído fora e eu estava sozinho. Quando estou sozinho, solteiro (mesmo), me sinto melhor. Em casa. Nas ruas. No meu trabalho. Porque não tem ninguém pra dizer como devo. Ninguém ali pra. Egoísta, devo ser. Se vivo melhor assim, do meu jeito, e sou egoísta por escolher este caminho, o meu caminho, então que eu seja um egoísta. Sem problemas. Você não vai me atacar se me chamar de egoísta. Se gritar comigo. Closing time me passa uma sensação de solidão que não incomoda. Tom escolheu o caminho. Vejo amigos tristes por viverem sozinhos. Eles não optaram por viverem assim. É diferente de você fazer a escolha. Eu optei. Eu adoro o que eu faço: vendo livros, discos e histórias em quadrinhos. Tenho o prazer de trabalhar bebendo cerveja (Eu sempre trabalho bebendo cerveja). Eu optei. No mês passado, fiz uma mudança aqui na livraria. Pus o "Sofá do amor" embaixo da escada e, em seu lugar, coloquei duas estantes. Onde ficava uma das estantes, coloquei uma poltrona e um criado-mudo. Eu optei. Neste momento, escuto Closing time, a música. É instrumental. De cortar o coração. Triste. Solitária sensação. Triste, triste. Eu não disse que viver sozinho é viver alegre. Eu optei. É assim. Um estilo de vida. Um jeito melhor de aplacar a dor e as agruras do mundo.

Amoroso, um álbum irretocável

Para João

Sou pirado por listas. Já fiz muitas. Esta mania começou na adolescência. Nesta fase, eu gostava de ficar no meu quarto lendo e ouvindo música. Hoje, não leio mais assim. Não consigo. A música dispersa. Naquela época, eu procurava seguir as dicas de alguns escritores ao indicar em seus escritos: para ouvir ao som de. Caio Fernando adorava indicar. Eu fui influenciado por ele (já dei muitas dicas de trilhas pros meus textos). Então eu ficava no meu quarto fazendo listas e pensando na vida, em Cruz das Almas, minha cidade natal. Ficar deitado na cama olhando pro telhado era minha terapia, com ou sem música. Tinha preferência de fazer as listas ouvindo discos no headphone. Não queria ser incomodado por barulho algum. Pela voz de ninguém. Nem pelos gritos dos meninos jogando bola na rua. Eu morava na 29 de julho, 329. Acho que era 329. Toda vez que eu lembro desse endereço, penso no carteiro me assustando, sem querer, ao entregar correspondências quando eu ficava na sala da frente estudando com a janela aberta. As minhas listas eram sempre sobre música ou literatura. E tinha discos que não saíam dela, discos da minha vida.

Estava pensando, agora, trinta anos depois, como era esta lista; e tentei lembrar de algum disco que nunca saiu dela. Psychocandy nunca saiu. Entrou em 1987 e permanece até hoje. Closer, também. Já Atom heart mother acho que hoje não mais. The queen is dead estava. Hoje, prefiro o primeiro da banda de Manchester. O primeiro dos Doors já esteve. Na ala nacional, Legião Urbana Dois nunca saiu. Cinema transcendental também não. Agora, preciso analisar melhor. É que eu adoro o primeiro gravado em Londres. É belo. É triste. Esses do Caetano são marcantes. Mas tem um – na ala nacional – que entrou anos depois, ali por volta de 1994/1995, e nunca saiu. Amoroso não vai sair. Eu sei. Tenho certeza. Agora mesmo, ouço a minha cópia em vinil. Amoroso é irretocável. É desses discos que dá vontade de trocar de lado o tempo todo. Foi gravado em Nova York e lançado em 1977. Começa com " 'S wonderful" de George e Ira Gershwin. João Gilberto me fisga no exato momento quando canta "'S Wonderful, marvelous You should care for me! Awfully nice, it's paradise, How I long to be."

Esqueço tudo. Ou quase tudo. O aluguel venceu hoje e não pude pagar. Mandei mensagem pro proprietário de madrugada quando cheguei da livraria. Disse que vou pagar no final da semana. Ele entendeu, pelo visto. Não respondeu, mas também não me procurou. "Estate", de Bruno Martino e Bruno Brighetti, é a faixa seguinte. João canta em italiano, no original. Fui fisgado. Não tem mais volta. Não tem como olhar para trás e pedir socorro. Não tem. Paro de escrever e ouço atentamente o solo de piano que há nela antes de João voltar a me guiar. Eu estou preso/ Entenda que eu não tenho como escapar. "Estate".

Agora "Tin tin por tin tin", a primeira cantada em português. Composição do Haroldo Barbosa e Geraldo Jaques. O lado A fecha com "Besame Mucho" de Geraldo Velaquez, esta em espanhol. João destrói. Os arranjos de Amoroso são incríveis. A esta hora não enxergo mais nada. A luz do farol. Nada. Tarde demais. Prestes a virar o lado, sinto como se estivesse deitado num barco à deriva olhando para as estrelas num céu sem lua. Sem a lua, não tenho como dispersar. A lua faz a gente perder o foco. Sorrio por dentro. Deitado no barco preso pelo João. Ele na proa, em pé, com os braços abertos sentindo a brisa na cara e no peito com a camisa aberta. Seu paletó, ao lado, com uma das mangas pra fora do barco, molhada.

O lado B começa com "Wave", o amor condensado em quatro minutos e trinta e cinco segundos. É do Tom Jobim, outrora parceiro do baiano de Juazeiro. Eu não consigo escrever sobre. Mas lembro que quando comprei a versão em cd e, chegando em casa, colocando pra tocar, comecei a chorar nos primeiros versos. Eu estava sozinho. Já conhecia "Wave", mas nunca tinha ouvido daquele jeito, sozinho, e com aquela qualidade sonora. Neste momento, o proprietário do imóvel passa pelo corredor. Não me disse nada, nem olhou pra dentro. Tudo certo, pelo visto. Continuo com "Caminhos cruzados". Mais uma do Tom, agora em parceria com Newton Mendonça. Neste lado só há canções de compositores brasileiros. "Só um novo amor pode a saudade apagar". Sei não... Mas eu não estou aqui pra criticar. Nem tenho como. Não se critica Amoroso por nada deste mundo. Lembre-se: Amoroso é irretocável. É universal. Em "Triste", eu já estou dormindo. Sonhando, talvez. Outra do Tom. Há uma bronca do João com o Tom porque o maestro não convidou seu parceiro na ocasião da gravação com Sinatra em 1967 do álbum Francis Albert Sinatra & Antônio Carlos Jobim (retirado do catálogo de Sinatra pela gravadora dois anos depois). Se João tivesse participado, seria antológico este encontro. A batida do violão do pai da bossa nova faria a diferença. Seu canto. Tom é maestro. Compositor. Cantar e tocar violão ao lado de Sinatra (esta parte deveria ser concedida a João). Aí sim, o mundo viria brotar a perfeição em forma de música. Mas deixa isso pra lá. Amoroso termina com "Zingaro", ou, "Retrato em branco e preto" (letra de Chico Buarque). Sonhando, talvez, ainda, João toca em meu braço. Acordo com gotas d'água do seu paletó pingando em minha testa. "Chegamos", ele disse. Piso na areia. Estamos de volta. "Já conheço os passos dessa estrada sei que não vai dar em nada", tento assoviar enquanto ele se despede com um aperto de mão.

Uma questão de sobrevivência

A MINHA coleção de livros diminuiu bastante depois que montei a Buenas Bookstore. Mesmo trabalhando com editoras e autores que lançam de forma independente, eu ainda vendo o material da minha coleção. E ainda compro livros que vão direto pros caixotes que rondam minha cama. E pilhas e mais pilhas se formam. Mas o processo é seletivo. E tem que valer a pena. Nos últimos dias, tenho lido as histórias extraordinárias do Nate DiMeo que estão no ótimo "O palácio da memória" e "Só para fumantes" do Julio Ramón Ribeyro. Eu já conhecia o Julio do "Prosas apátridas", uma coleção de prosas curtas que independem uma das outras. São prosas incríveis. O Julio manda muito bem. Já o "Só para fumantes" é mais difícil de encontrar, já que está fora de catálogo; e vale uma grana. Mas eu tenho, e tenho lido nas férias. No conto que dá título ao livro, "Só para fumantes", o Julio relata seu vício pelo tabaco. Seus efeitos. Os motivos para acender o cigarro e colocá-lo na boca, entre os dedos. Um processo que vai ficando automático. E tudo é motivo pra acender um. "Fumar foi se alinhavando em quase todas as ocupações de minha vida.

Fumava não só quando estudava para uma prova, mas quando assistia a um filme, quando jogava xadrez, quando abordava uma mulher bonita, quando passeava sozinho pela avenida à beira-mar, quando tinha algum problema, quando o resolvia. Meus dias eram assim, percorridos por um trem de cigarros que eu ia acendendo e apagando sucessivamente, cada qual com sua própria significação e seu próprio valor". Eu não fumo cigarros. Fumo, ocasionalmente, um charuto ou uma cigarrilha, em casa; de preferência bebendo café ou vinho. Sozinho. Mas eu entendo o Julio. Cresci no meio de fumantes. Via gente fumando na porta do banheiro, de manhã cedo, enquanto o banheiro estava ocupado para escovar os dentes. Via gente fumando depois do café da manhã ainda na mesa. Nos jogos de cartas entre um gole e outro de café – o cigarro ao lado, no cinzeiro. Eu tinha tudo pra ser um fumante inveterado. Tinha o meio e era propício. Era fácil conseguir. Aos catorze anos, por influência do meu colega Moisés, comprei minha primeira e única carteira de cigarro (Carlton) pra fumar em casa, escondido. Minha mãe descobriu. Quebrou o pau, fez ameaças de não me dar mais discos, nem comprar a revista Bizz, e tomou o maço. Depois desse dia, nunca mais pus um cigarro na boca.

Nunca vi um escritor relatar ao extremo o vício pelo cigarro como o Julio. Já vi muitos relatarem o vício com álcool e drogas. Com o tabaco, não. No "Só para fumantes", Julio arrisca a própria vida pra conseguir um maço. Vende os livros da sua coleção pra saciar o vício, os livros de seus autores preferidos. Quando esses acabaram, ele vendeu os últimos dez exemplares do seu "Los gallinazos sin plumas" a um sebo em Paris por peso. O livreiro lhe pagou o equivalente a um maço. Esta passagem é cortante: Julio sentado diante de sua estante vazia. É aquele momento que te dá vontade de rir, mas o riso sai travado. Desconcertante, a ponto de incomodar. Eu sei o que é isso. Já acordei, e não foi só uma vez, precisando vender alguns livros da minha coleção e os últimos exemplares do "18 de maio...", meu primeiro livro publicado, pra pagar a conta do bar ou pra comprar comida.

Ao relento

CÁSSIO, meu irmão, é mais novo do que eu. Mais ajuizado do que eu. Mais sociável do que eu. Mais responsável do que eu. Uma forte presença em minha vida. E já fez muito por mim. Uma delas, foi quando fui expulso da Europa em 2008. De volta ao Brasil, sem esperança, morando em Salvador, foi ele quem me acolheu em sua casa, onde ele vive com sua família. Fui acolhido num momento de frustração, de prostração, terrível. Desempregado, foi ele quem me deu companhia. Me deu comida. Me levava para os bares e pagava a conta. Foi nesse período que eu passei minha primeira noite na rua. Ele não teve culpa. Ninguém teve. Eu estava no bar do Adriano, quando, por volta da meia-noite, fui pra casa. Era um domingo e todos já estavam dormindo. Só o vagabundo aqui não tinha compromissos no dia seguinte. Compromissos com nada. Toquei o interfone. Ninguém escutou. E no prédio não tinha porteiro. Voltei pro bar e fiquei até a hora em que o Adriano resolveu fechar – por volta das duas horas da madrugada. Então fui me sentar num banco na calçada próximo à banca de revistas, que estava fechada. Não dava para deitar. O banco era pequeno. Vi carros passando. Motos. Ônibus. Só não vi pessoas passando. Aliás, vi um catador de latas que tentou se aproximar me pedindo dinheiro. Eu disse que não tinha de um jeito que ele ficou assustado. Disse num misto de tristeza e de fúria. Ouvi cães latindo. Ouvi gatos transando. Ouvi gente transando também. Ouvi buzinas. E ouvi o vento sibilando entre os flamboyants. Naquela noite, eu não dormi. Não consegui. Fiquei esperando o amanhecer. Sem sono. Sem esperança.

Esbanjando seu belo sorriso

ALI, naquele poste, é um ponto de ônibus, que fica aqui na rua onde minha mãe mora em Paranaguá. Ela estava nesse instante lá com sua bolsa pendurada em um dos ombros e segurando uma bela sombrinha colorida. Ela acenou quando me viu. Eu acenei de volta e fui até a sala pegar o celular pra tirar uma foto. Quando voltei, ela não estava mais. Seu ônibus chegou e ela foi ao encontro das suas amigas para uma confraternização. A Alete, uma dessas amigas, tem um bar que funciona dentro da casa dela. E minha mãe foi beber com elas. Se divertir com elas. Esbanjar seu belo sorriso.
    Entrei e fui tomar banho. Depois esquentei meu almoço e abri uma cerveja que ela comprou mais cedo, pra mim, no mercado. Todos os dias ela vai ao mercado comprar cerveja pra mim. Entendo que ela não pode pegar muito peso; por isso ela vai todos os dias. E sempre volta sorrindo. Tudo é motivo pra ela sorrir; deve se por isso que Léa, eis o nome dela, não aparenta ter a idade que tem. Eu brinco que ela é minha assistente, garçonete e enfermeira. Ela me dá bronca. Me chama de filho da puta. Reclama quando fico muito

tempo em pé caminhando pelo apartamento que ela cuida com carinho. Hoje, quando acordei, ela estava fazendo faxina. Tudo cheiroso. As plantas regadas. A cerveja gelando. O som desligado – pra não me incomodar.

Depois que abri a segunda cerveja e sentei no sofá, fiquei pensando nos jovens que se matam cedo demais por não suportar o peso da vida. E fiquei pensando na vida da minha mãe. Da barra de ter que suportar este peso, sozinha, aos vinte e um anos quando meu pai faleceu (ele aos vinte e três de acidente de carro), deixando ela com dois filhos pra criar (eu com dois anos, e meu irmão com nove meses). Esses jovens não sabem o que é isso. Partiram cedo demais. Uns ídolos. Uns amigos. Uns conhecidos. Muitos desconhecidos. Bem nascidos. Bem criados; e seus destinos. Cada um, cada um.

Quanto a mim, que também já pensei em tirar minha própria vida algumas vezes, vejo a vida passar pela tela enquanto minha mãe se diverte com suas amigas, e fico imaginando a hora em que ela vai chegar, bêbada, aos sessenta e sete anos, esbanjando seu belo sorriso.

Exile on main street

PASSEI o dia trancado em meu quarto bebendo vinho tinto seco ao som de Exile on main street em algum feriado de junho de 1992. Quinta-feira. Tempo nublado. Lembro bem. A confusão aconteceu na noite anterior. O sujeito meteu a mão aberta na minha cara porque tentou se meter onde não devia e eu não permiti. Com o tempo, entendi que eu é que não devia ter me metido. O tempo faz entender. O tempo melhora as coisas. O vinho também. Seria um dia ansioso não fosse o vinho. O álcool e seus efeitos. Dizem que o álcool pode até matar, é certeiro. Mas o álcool não serve pra se matar, não. Não acredito que existe suicida que bebeu e se matou. Suicidas são sóbrios. Ou estão sóbrios quando resolvem tirar suas próprias vidas. Mas eu não pensei nessas coisas naquele dia; só pensava em curtir Exile on main street e planejar o revide que aconteceria no dia seguinte. Eu ia descontar o tapa, que não pude descontar naquele momento, porque não deixaram. Então, passei o dia bebendo vinho tinto seco (duas garrafas), planejando e ouvindo Exile on main street. Que disco! E ouvindo agora me veio aquele momento pipocando na mente: a luta. De sangrar. O sujeito não estava no escritório dele naquela tarde de sexta-feira. Aguardei sentado num banco da praça e dali pude vê-lo saindo do carro e entrando em seu escritório. Dei um tempo. Sou impaciente, mas naquele momento eu soube esperar. Instantes depois, segui em direção ao escritório. Subi as escadas e logo vi o sujeito no banheiro guardando garrafas no engradado, e ataquei: deferi um soco em seu rosto com toda a minha força. Ele revidou, acertou um soco em meu supercílio que logo começou a sangrar. Ele veio em minha direção, lutamos, e ele conseguiu me derrubar. Uma vez no chão, dominado, ele apertou uma de suas mãos em minha garganta tentando me sufocar, mas, de repente, ele aliviou um pouco e disse: "Oh, Deus!" E então me soltou e disse pra eu dar o fora. Saí enfraquecido rumo à minha casa. Lembro bem. Eu estava com uma camiseta escura e por isso o sangue que escorreu do supercílio não apareceu tanto. Entrei no primeiro bar pra lavar a minha cara ensanguentada. Quando me olhei no espelho do banheiro do bar, me senti mais fraco ainda. Sangue em excesso me derruba. Éter, também. Acho que por isso não me sinto bem em hospitais. O dono do bar me perguntou o que havia acontecido e eu respondi socando uma das minhas mãos: "Porrada". Não sei descrever a cara que ele fez. Nem a que eu fiz pra dizer isso. Não sei. E segui. Passei por uns policias parados na calçada. Eles não notaram nada de estranho em mim (a cara tava lavada e o sangue absorvido na camiseta escura). Uma vez em casa, tirei a camiseta e passei uma água antes de colocá-la no varal. Tomei banho. Fui pro meu quarto. Coloquei Exile on main street pra tocar mais uma vez. Let it loose fala de bar. Fiquei por ali.

Antes mesmo de escutá-los

Sou fã do Sonic Youth (antes mesmo de escutá-los). Não é a primeira vez que isso acontece – com o Leo Cohen foi a mesma coisa. Me lembrei disso agora ouvindo Sister. Li na Bizz, em alguma edição de 1988, uma resenha sobre o meu álbum preferido dessa turma de Nova York. Li também um texto, senão me falha a memória, na seção Porão. Lendo, imaginei o som e a postura da banda no palco. Sacava a atmosfera, densa. Quando eu escutei pela primeira vez em Petrolina, interior de Pernambuco, de férias na casa dos meus tios, bateu. Foi na casa de Yulo, namorado da minha prima Karina, numa tarde de sábado, bebendo cerveja, que eu tive a cara de pau de pedir emprestado – eu tinha sido apresentado ao Yulo naquela semana. Ele me emprestou, entre outros discos, para eu gravar, o primeiro do Hojerizah e um do House of Love. Gravei os três em fitas K7 Basf 60. Eu não esperei chegar o dia seguinte. Ainda naquela tarde, pus Sister para tocar. "Schizophrenia", a faixa de abertura. Era isso. Eu imaginei algo assim: demente. Despretensioso (com um certo charme na voz). Uma batida, lenta, que remete a África (berço do jazz, do blues, do rock). Primal.

O solo de guitarra no final da música entrega a demência que eu suspeitei logo no começo. "(I got a) catholic block" mostra influência punk. A urgência punk. O grito primal que não veio, mas tá lá. A bateria agora acelerada, mas sem perder a característica africana que citei acima sem medo de errar. A terceira faixa, "Beauty lies in the eye", Kim Gordon, a musa lado B, canta com charme, aquele charme, que dá vontade de entrar nos sulcos do vinil. A noite está em Sister. "Stereo sanctity" não deixa o carro derrapar, mesmo com a pista molhada. Eu gravei na hora. Já tinha comprado as fitas no caminho de casa. Não queria mais parar de ouvir no walkman das minhas primas. "Pipeline/kill time" é o momento do esporro na bateria. Aquela da quebrada. Aquela. Pra mergulhar num solo de guitarra que parece que não vai acabar nunca. De volta à velha Bahia, comprei, anos depois, o vinil. Veio a era do cd. Também comprei. Fico no aguardo do lançamento do cd na versão Deluxe edition (que os gringos fazem questão de caprichar com bônus tracks remasters repletos de fotos raras). Faço coleção. Do Sonic Youth, tenho as Deluxe do Daydream nation e da obra-prima Dirty; embora goste mais do Sister, não posso deixar de dizer que o melhor deles é Dirty. Para muitos, é o Daydream nation. Fico com o Sister, talvez pelo impacto de ter sido o primeiro. O primeiro impacto. Como a primeira impressão que dizem que é a que fica. Há controvérsias. Há. Mas o lado B dá continuidade ao sublime. Sem derrapagem.

Mulheres não gastam na livraria quando estão bêbadas

MULHERES não gastam na livraria quando estão bêbadas. Não gastam. Elas chegam na livraria pra me cumprimentar. Beber. Conversar. Gastar na livraria, não. E falam. E como falam. Falam muito. Do meu canto eu presto atenção em algumas enquanto falam. Na espontaneidade de como se expressam enquanto falam. Acontece muito na madrugada, quando elas ficam mais receptivas e menos atentas. O que elas querem é se divertir. Beber. Dançar. Falar. E como falam. Elas falam muito. Diferente dos caras. Os caras gastam com livros quando estão bêbados. Gastam com discos. Os caras gastam com histórias em quadrinhos quando estão bêbados. Também falam. Mas não como as mulheres. Os caras se apegam às suas compras como um trunfo. E existe uma imponência que lhes é peculiar. Uma necessidade de se mostrar. Por isso apresentam suas novas aquisições pras mulheres. Só que elas não estão nem aí pras aquisições dos caras. Elas querem é se divertir. O que conta é a diversão. Diferente dos caras e sua imponência. Eu observo a imponência nos caras. Das tentativas de chamar a atenção delas. A maioria age assim.

E voltam pra casa com suas compras embaixo do braço envolvidos em sua atmosfera bêbada. Melancólica. Diferente das mulheres. As mulheres desaparecem, radiantes, sem deixar rastros.

The killing moon

Li numa entrevista com o Ian McCulloch, não me lembro onde nem quando, ele dizendo que ainda ia escrever a mais bela canção pop de todos os tempos. Ele já escreveu, mas acho que não sabe. The Killing Moon pode não ser a mais bela canção pop de todos os tempos, mas é séria candidata. Ele deve saber. Ian, com seu estilo cool, é dono de uma das vozes mais bonitas que já ouvi. Ian, o cara que está à frente do Echo and The Bunnymen. The Killing Moon, a perfeição pop. A sexta faixa do clássico Ocean Rain, o quarto álbum da banda que eu nem sei por onde começar (Aliás, nem vou tentar). E que capa. Caprichar nas capas de seus álbuns é um troço peculiar ao Echo and The Bunnymen. Em todas. Assim como na qualidade de suas músicas. Mas eu estou falando das capas. Penso no Belle and Sebastian. Gosto das capas dos escoceses. Penso no The Smiths. Gosto. Penso em algumas capas do Pink Floyd e nas mensagens ali contidas. Gosto. Mas em alguns momentos estas mensagens contidas tornam as capas chatas. Já as do Echo, não. No Echo a beleza transcende o lirismo. O pop em sua melhor forma, a começar pelas capas:

Crocodiles, Heaven up Here, Porcupine, a coletânea Songs to Learn and Sing. Todas.

Uma vez eu estava ouvindo Songs to Learn and Sing em casa, numa tarde de sábado, com a janela e a porta da sala abertas. Eu morava com minha mãe, e Seu Mário, nosso vizinho, um senhor com seus sessenta e poucos anos, se aproximou batendo palmas. Fui até ele, que me perguntou quem era o moço da voz bonita; respondi e na segunda-feira ele me apareceu com uma fita K7 pra eu gravar o disco do moço da voz bonita. Era de costume ele me perguntar que som era aquele que eu estava ouvindo. Minha mãe convidou ele uma vez para o aniversário dela; logo na chegada, ele disse: "Tarcísio, eu quero conhecer a sua big discoteca". Mostrei com prazer. Passamos a festa conversando sobre música. Ele nem deu muita atenção para as outras pessoas. Eu gravei a fita com a coletânea do Echo. Ele ouvia direto. E passei a fazer outras gravações pra ele. The 2120 Sessions do André Christovam foi outro que ele gostou bastante. Este álbum do André foi gravado em Chicago com Andrew "Big Voice" Odom arrebentando no vocal. Big Voice canta cinco músicas; as outras são instrumentais. The 2120 Sessions é o meu álbum de blues preferido gravado por um artista brasileiro. Apesar de ser gravado com músicos americanos e com o grande Big Voice no vocal, André assina o álbum sozinho.

Seu Mário, um senhor sossegado. De pouca conversa; mas que gostava de conversar comigo. A música une as pessoas. Faz amizades. Bons relacionamentos. Literatura, também. Cinema. Que bom que a gente tem a arte. Pra trabalhar, melhor ainda.

Anos depois fui morar com minha namorada. Mas eu sempre ia visitar minha mãe e costumava acenar pro Seu Mário; até que minha mãe se mudou. Foi nesta época que o Echo voltaram com Evergreen, de 1997. Assim que comprei o álbum que marcou a volta da banda, comprei uma fita e gravei pro Seu Mário; e fui até a casa dele entregar a fita pessoalmente. Pra minha surpresa, tinha uma placa na porta, avisando: Vende-se. Perguntei sobre ele e um vizinho me disse: faleceu. Voltei pra casa, triste, e coloquei Songs to Learn and Sing pra tocar. E aumentei na introdução de "The Killing Moon", uma das mais belas da história do pop. Do rock. Da história do Ian. Da minha história. Da história do Seu Mário.

Death of a ladies' man

A MAIOR parte das minhas amizades foram feitas através da música. É um troço que eu não sei explicar. Você simplesmente menciona uma banda que você curte e imediatamente há uma conexão. O papo flui. Pronto, amigos. Hoje, nem tanto. Ando cansado. Ando cansado até pra fazer novas amizades. Poucas têm valido a pena. Por isso não me impressiona mais as afinidades musicais.

(1995) Um fato curioso aconteceu numa noite quando eu morava em Salvador. Eu estava na casa dos meus avós na rua Direita de Santo Antônio quando ouvi uma música do Leonard Cohen da janela do quarto de minhas tias, que ficava de frente pra rua. A música era Suzanne, a faixa de abertura do Songs of Leonard Cohen (1969), a estreia fonográfica do gênio canadense. Leo só começou a gravar discos por pressão dos amigos bem depois de ter publicado alguns livros e frequentado o circuito de bares e cafés de Nova York. Então eu fiquei ouvindo o som da janela e tentando imaginar de onde vinha. As canções desse cara costumam ser tristes, belas. Há beleza na tristeza. Há beleza num dia nublado. Frio. Há beleza nas noites sem luar. Numa noite agradável ao som das canções desse cara, a lua é coadjuvante. Suzanne acabou e o disco continuou tocando. Descobri: o som vinha do beco. Da primeira casa da direita. No dia seguinte, perguntei pro Cássio, meu irmão, quem era que morava naquela casa. Ele respondeu: Schmidt. Dias depois, Cássio falou de mim pro Schmidt, que pediu pro meu irmão me levar na casa dele. Fizemos amizade na hora. Ele me encomendou uns discos de blues e de jazz – eu trabalhava com venda de discos. Foi no começo da era do cd no Brasil e eu conseguia direto de uma distribuidora. Daí passei a conversar mais com Schmidt. E sempre conseguia o que ele me pedia. Até que um dia, sem aviso, ele se mudou e ninguém soube dizer pra onde.

(2002) Eu trabalhava na São Rock Discos quando Schmidt pintou por lá. Foi um encontro saudosista. Lembramos dos tempos do Santo Antônio. Dos sons. Das conversas. Ele voltou a comprar discos comigo; só que desta vez na São Rock e, em seguida, na Flashpoint (Quando a São Rock fechou eu fui trabalhar numa importadora de discos: a Flashpoint) e como em Salvador o cenário musical dos bons sons era restrito, a gente sempre acabava encontrando alguns dos nossos. É o poder da música. Nesta mesma época, eu conheci o Eduardo Nogueira, que tem um gosto musical semelhante ao meu e é muito amigo do Schima. Com o passar dos anos, Schmidt virou Schima. É o poder da música. Eduardo, que depois passei a chamar de Duda, também virou meu amigo. Ele sempre batia o ponto nas minhas discotecagens pelos bares do Rio Vermelho: Capela da São Rock, Miss Modular e afins. É o poder da música.

Sinceramente, quase todas as minhas amizades foram feitas através dela (da música). Na adolescência era mais intenso ainda pela avidez de informações. De saber das origens de toda aquela loucura. Do que veio antes de Dylan. De Lou Reed. De onde saiu toda fúria punk e o som pesado dos anos setenta. Quem era Van Morrison que a Patti Smith gravou "Gloria" na abertura do sublime Horses. De saber quem eram aqueles velhinhos que os Stones gravaram nos primeiros discos. Que os Doors gravaram. A gente queria descobrir tudo. Juntos.

(2013) Já morando em São Paulo, comprei o o box "The complete studio albums collection" contendo os doze primeiros álbuns de estúdio do Leonard Cohen. Songs of Leonard Cohen foi, por muitos anos, o meu preferido. Foi meu brother André Fiori da Velvet Cds quem conseguiu o box. Ele importou, demorou pouco mais de duas semanas pra chegar.

Com o box nas mãos, no inverno daquele ano, embaixo do edredom, ouvi um por um. A maioria eu já conhecia, inclusive o "Death of a ladies' man" (1977) produzido por Phil Spector. Mas nunca tinha escutado como naquela madrugada fria na Selva de Pedra. Música tem isso: pode bater de primeira. Pode bater depois de algum tempo. E pode não bater nunca.

Eu escutei atentamente naquela madrugada sozinho no meu quarto. A temperatura do corpo mudando logo nos primeiros acordes de "True love leaves no traces" – balada matadora de um poeta cantor que sabe como prender suas presas. Eu fui uma dessas presas naquela madrugada. "Iodine" não muda as coisas e passa flutuando a uma altura considerada perigosa diante de uma fogueira. Vamos imaginar uma fogueira com fogo brando. As labaredas, baixinhas. "Iodine" vai se afastando enquanto "Paper thin hotel" vem se aproximando; aí sim as coisas começam a mudar. As labaredas se agitam. A temperatura do corpo esquenta. É um troço que vai crescendo. Em "Memories", nada muda. As coisas abrandam um pouco, só um pouco, com "I left woman waiting". Tiro o edredom de cima das minhas pernas. "I left..." é linda. Leo canta como se estivesse embrulhado num buquê de rosas com o maior cuidado. Ele fica ali quietinho, em silêncio, pra não assustar a amada.

"Don't go home with your hard-on" e "Fingerprints" passam animando. Na verdade, soam como um aquecimento para que você consiga pular o mais alto possível pra não se ferrar com o que está por vir: Death of a ladies' man. Despreparado, ela pode te destroçar. E você nunca mais será o mesmo.

Se eu pudesse

SE EU pudesse programar minha própria morte, seria de um jeito bem tranquilo à beira-mar num final de tarde de verão. Aos noventa e dois, noventa e três anos, sentado numa cadeira de praia com o fone de ouvidos do meu celular tocando "Manhã de carnaval" com João Gilberto. Vou estar conectado a algum aplicativo programado pra ouvir somente "Manhã de carnaval" com João e "A day in the life of a fool" com Frank Sinatra. Ao longe, um navio passando, alguns pássaros sobrevoando o mar e a maresia entrando pelas narinas. Bebendo cerveja, das melhores – a essa altura não vou mais beber qualquer coisa. Vai ter um balde de gelo com várias delas imersas e um cachorro ao meu lado e o sol logo ali me dando adeus. O Parkinson derramando o líquido precioso. É provável que eu não esteja escutando bem. São noventa e dois, noventa e três anos de muitos decibéis. Talvez esteja um pouco cego. Talvez. Idealizar isso agora e ainda poder escolher com detalhes deve ser demais para os deuses. As cervejas imersas num balde de gelo. João e Sinatra. Vou lembrar de algumas mulheres. O máximo que puder com detalhes. Vou tentar lembrar dos melhores momentos. E vou lembrar dos momentos nem tão bons assim. Das brigas. Dos abortos. Do nascimento dos meus filhos. Do momento em que ouvi "Nasceu, é uma menina". Não tenho como esquecer. Do segundo nascimento na porta do hospital às seis da matina. Do sono e da esperança que naquele momento desse tudo certo. Das brincadeiras com meu irmão e com os amigos dos tempos de escola. Das descobertas. Das derrotas. Dos sonhos realizados (poucos); dos não realizados (muitos). De quem partiu: pai, mãe, e os demais que fizeram a diferença. Alguém vai passar por ali e me cumprimentar. Um casal de jovens de mãos dadas. "Manhã tão bonita, manhã", a última, vou lembrar. Do café amargo, como eu gosto. Da última fatia do bolo de chocolate, meu preferido. Os últimos contatos virtuais. Vou responder alguma mensagem, se tiver. Um velho solitário, mensagem, não acredito. O navio passando. As recordações passando. Os últimos goles. O coração dando as últimas batidas. E tudo escurecendo.

A desolação natalina

OUVIR Nebraska, o meu preferido do Bruce, em pleno Natal, é desolador. O álbum por si só é desolador. Bruce gravou na mesma época da primeira parte de gravação do Born in the USA, seu álbum de maior sucesso em todo planeta. Está nas páginas da sua autobiografia Born to run, das melhores que li. Das mais tocantes. Bruce é cuidadoso com as palavras em todas as fases de sua vida. Eu vi as rachaduras e buracos das calçadas em Randolph Street, sua rua, em Nova Jersey. Eu estava lá com ele brincando na neve com seus amigos. A escrita do Bruce é envolvente. Bruce é leitor assíduo de caras que eu adoro: James Cain e David Goodis. Bruce é devorador da literatura americana e russa. Li um trecho de uma entrevista que ele deu ao The New York Times, a que o Barcinski traduziu e postou em seu blog, a parte sobre literatura. Está lá a marca do leitor dedicado. Sua admiração por Vida do Keith Richards; a Autobiografia do Clapton e o Crônicas de Dylan. Adoro e recomendo os três. A estrada do Cormac McCarthy foi o último que o fez chorar. Philip Roth, Keith Richards, Tolstói e Dylan seriam seus convidados para um jantar em sua casa.

Ouvindo Nebraska em pleno Natal, um Natal triste, desolador, penso nesses caras que fizeram e fazem a cabeça do Bruce. E nos que fizeram, e fazem, a minha. Do terno e comovente "Espere a primavera, Bandini", livro em que John Fante me conquistou de uma vez por todas. Do recente "O estrangeiro" de Camus; a filosofia no formato literatura. "O estrangeiro" é perturbador. Aos quarenta e cinco anos, nunca imaginei que um livro fosse bater tanto. Uma prosa que parece simples. Mas não é. É acessível, como uma estrada esburacada cheia de galhos de árvores caídos com espinhos por todos os lados; mas tem as brechas e você sabe que vai passar. Você vai conseguir. Uma vez do outro lado, ficam as marcas. Nódoas. A prosa do Camus gruda. Tentei ler dois livros depois, de autores diferentes, mas tive dificuldades. A todo instante, me lembrava do Mersault, o condutor do livro. Dele no momento do enterro da mãe. Na piscina com a amiga. Na praia. Agora, a música Killing an Arab do The Cure faz mais sentido. Passei a ouvi-la de outro jeito (a percepção mudou). Dele no tribunal. Atrás das grades. As imagens são claras. Te fazem refletir a todo instante. Quando me indicaram Camus nos idos dos anos noventa – minha amiga e poeta Denise Costa adora, e vivia falando pra mim – eu prestava atenção, mas nunca tive curiosidade. Acho que por já ter tentado vários livros de filosofia e achado chatos. Achei que fosse acontecer o mesmo com Camus. Hoje, vejo que não. Não é nada do que imaginei. É o tempo. E a vida é cíclica. Em outros tempos, eu ficava feliz com a chegada do Natal. Me entusiasmava. Hoje já não me sinto assim. Pelo contrário. Costuma bater uma tristeza profunda, desoladora, que eu não sei explicar.

Se é que eu devo. Volto pro Nebraska. Minha mãe está deitada no sofá. Meu pé voltou a doer. O vinho pela metade. A madrugada logo ali. Mas nada vai acontecer.

Diane

UMA das vantagens de trabalhar em lojas de discos é que você pode comprar o material (lp, cd ou dvd) que você quiser, inclusive importado, pelo preço de custo. Quando trabalhei na Flashpoint do Barra e tinha minha amiga Michele Prado como gerente, a gente fazia longas listas pra importar pros nossos clientes e, óbvio, pra gente. Nossos preferidos pra aumentar nossas coleções. Encher as estantes de nossas casas. Na minha, chegou a ponto de ter que guardar no barzinho que ficava no canto da sala, no meio das bebidas. Penso que guardar discos no meio das bebidas é um troço fascinante – uma coisa está ligada a outra. E por ali eu ficava quando ia pegar algum disco pra escutar. Sempre tinha uma garrafa de vinho, ou de cointreau – eu também tive minha fase cointreau (delícia de licor francês elaborado com as cascas da laranja). Fino. Extraordinária companhia pra ouvir Chet Baker, por exemplo. E é dele que quero falar: na maioria das vezes, a minha encomenda chegava conforme eu pedia. Não lembro as da Michele. Mas as minhas costumavam vir; exceto uma: o cd Diane do Chet em companhia do Paul Bley. Mesmo aparecendo no site da importadora como "Disponível". Nada. Resultado: saí da loja depois de ter trabalhado por quase três anos sem o meu Diane.

Anos depois, alguns amigos viajaram pra Europa e eu pedi gentilmente por Diane. Mas não encontraram. Finalmente, depois de muito procurar pelas lojas de discos de Londres, meu amigo Grima Grimaldi encontrou. "Não foi fácil", ele me disse por mensagem no Facebook. E foi o lp. Diane, a beleza estampada na capa. Na melancolia. E tem um jeito de entreter que só os gênios sabem como. Diane é lindo. É pra você ficar dentro do barzinho da sua casa bebendo um delicioso cointreau; ou um vinho. E se você não tiver um barzinho na sua casa, não tem problema: beba no chão (já ouvi muitos discos sentado no chão). Mas beba. Não fique de cara. A bebida vai te deixar em sublime sintonia com o clima que Chet e Paul vão te proporcionar. A beleza e a melancolia embebidas nos sulcos do vinil.

Eu estava saindo do teatro...

Eu estava saindo do teatro quando o Lucas chegou. Ele me abraçou. Foi um abraço de aniversário que ele não havia me dado ainda. Eu estava tão triste que quase chorei no ombro dele. Foi rápido o abraço. Caso contrário, eu teria desabado. Eu necessitava caminhar, e sempre caminho quando estou triste. Antes, acessei minha playlist do celular e coloquei os fones de ouvido, no máximo, e me protegi dos chuviscos com o capuz do meu casaco e subi a Augusta. E passei em frente da boutique. E me lembrei de você. De você já saindo do provador com ele: o vestido. Saltitando. Feliz. E continuei subindo. Uma vez na Paulista, a chuva aumentou. E o peito apertou. Olhares curiosos não desviavam da minha cara (estava claro que eu estava triste). Em plena sexta-feira, um cara assim, nesse percurso, destoando dos demais. E passei pela feira. A que você mais gosta. O mesmo pedido quando estava comigo. Senti o cheiro. Te vi saltitando mais uma vez. Na chuva, te vi o tempo todo. Mesmo fazendo a volta e descendo a rua.

Sem música agora. Com o celular descarregado, impossível amenizar as coisas. E no mercado, as mesmas perguntas de sempre pipocando em minha mente: a de poder pegar suas preferências. Saltitando em minha frente, as mesmas imagens. E tudo isso fazendo a diferença. A diferença que só você sabe fazer.

A melancolia que bate nos pequenos lugares

Sou urbano. Desde pequeno que o movimento das cidades grandes mexe comigo. A pulsação é diferente das cidades do interior. Pequenas, nelas batem uma melancolia indescritível no final do dia. Em qualquer dia da semana, a melancolia bate, assim, forte. A melancolia das pequenas cidades é cortante. O canto dos pássaros e das cigarras como trilha sonora. O badalar do sino da igreja que fica na praça principal. É no momento do badalar do sino que a melancolia bate mais forte. E como bate.

Naquela época não tinha internet. Não tinha esta facilidade que temos hoje. A Silver Jews surgiu por essa época, era 1989. Eu ainda não conhecia a banda. Nem tinha como. Só fui conhecer no final da década passada. Foi fundada por David Berman, ao lado de Stephen Malkmus e Bob Nastanovich, integrantes do Pavement. Quando, enfim, conheci a Silver Jews eu já tinha o blog On The Rocks e a indiquei por lá. Eles não existiam na minha adolescência – o Pavement só virou minha trilha nos anos noventa. Mas eu tinha outras companhias sonoras. Me refiro ao Silver Jews neste momento por causa do som da bateria casando com outros instrumentos que me fazem lembrar daquelas tardes melancólicas, vazias, de uma pequena cidade do interior da Bahia. Esta cidade é Cruz das Almas, minha cidade natal. Lá eu vivi os dois primeiros anos. Depois, em 1974, fui morar em Salvador com meus familiares e só retornei no inverno de 1983. Um inverno terrível para mim. Eu até que queria voltar. Pressionei bastante minha mãe e ela finalmente deu o braço a torcer. Eu almejava por uma vida tranquila naquele momento. Uma vida sossegada longe da agitada Salvador. Mas a vontade de morar em Cruz das Almas passou em pouco tempo. Logo eu já me sentia atraído pela vida agitada da capital baiana. Era lá que eu passava minhas férias com meu irmão e voltava triste para Cruz quando as aulas estavam prestes a começar. E ainda tinha a ilha de Itaparica – outro lugar que a gente passava as férias, eventualmente. Era umas férias dessas, quando aconteceu o primeiro Rock in Rio (foi em 1985). Mas ali não tinha a melancolia. Aliás, devia ter. Ela obviamente estava por lá batendo forte no coração de alguém. Mas não batia no meu. Talvez pelo sol e o banho de mar. O sol e o banho de mar têm essa mania comigo: a de afastar a melancolia. De afastar a tristeza. Em São Paulo não tem o banho de mar. Mas a Silver Jews tem sido minha companhia há alguns anos desde que saí de salvador em 2011.

Era inverno naquele ano de 2011. De novo o inverno. Desta vez, um inverno sereno. Aprazível. Nele, curti minha mãe. Fiz novas amizades no Facebook. Conheci minha primeira namorada em SP (no Facebook). Escrevi muito.

Tinha tempo o suficiente. Muitos desses textos entraram no meu livro "18 de maio, quanto tens por dizer..." lançado em 2015 pela Buenas Books, minha editora fictícia.

Deserter's Songs

TODA vez que ouço "Deserter's songs", meu álbum preferido do Mercury Rev, e um dos melhores da década de noventa, tenho a sensação de estar sonhando. Sempre associei o som desses caras ao onírico desde a primeira vez que ouvi. Sonho, esse troço mágico, enigmático; perturbador, às vezes. Me impressiono quando sonho e depois de um tempo acontece. O sonho vira real. Já aconteceu várias vezes. Essa sensação inexplicável que fica quando acordo de sonhos longos e tranquilos, intranquilos, intensos, quebrou um pouco o encanto por um tempo, mas já voltou ao normal, mas até voltar, demorou um pouco. É que aqui em SP eu tive dois endereços quando vim pra cá em 2011. Primeiro, no apartamento de Cristiano, meu amigo de longas datas, na Vila Madalena. Com o tempo, Cristiano se mudou pra Buenos Aires e eu aluguei um quarto no apartamento de um cara que morava com um amigo no centro. Este amigo se mudou logo quando cheguei e eu fiquei morando sozinho com ele. Esse cara, dono do apartamento, tinha um namorado e eles viviam brigando; o que não me incomodava porque eu sempre ligava o som no momento das brigas. E eles me respeitavam. Até que um dia se separaram. Os dias passaram a ser mais tranquilos. O brother no quarto dele e eu no meu. A gente se encontrava, ocasionalmente, na cozinha. E tudo certo. Em uma dessas manhãs em que o sono bate mais forte e você não quer levantar por nada desse mundo, senti uma mão passando por sobre meu pau. Tomei um susto que nem sei descrever a sensação daquele momento. Quando abri os olhos, vi o cara, que até então era legal comigo, envolvido numa atmosfera inebriante. E achei aquilo tudo muito estranho. Foi quando eu disse: "Que merda é essa!?". Ele saiu se desculpando e foi pro quarto dele.

No dia seguinte, ele me pediu desculpas e me explicou que estava "Sensível" porque o namorado deu o pé e ele estava se sentindo "Muito só". Perdoei. Voltamos a viver em paz. Na semana seguinte, ele fez de novo. Então enviei uma mensagem pros sócios do teatro Cemitério de Automóveis, que é onde funciona minha livraria, a Buenas, e pedi pra morar lá por uns tempos. Eles deixaram e eu me mudei. Morei lá por cinco meses. Foi legal. Até o momento em que senti a necessidade de me mudar e morar sozinho. Só então os sonhos voltaram sem interrupções abruptas. E "Deserter's Songs" voltou a brilhar. A encantar. A mim. Ao universo.

Vínculos

TOMANDO o café que seria o da manhã, às 16h, com minha mãe na mesa, em determinado momento comecei a rir. "Começou a maluquice", ela disse com uma certa curiosidade no tom de voz e me questionou. Expliquei que estou sem Netflix no momento; e que eu não consegui fazer o cadastro por causa de um problema no número de segurança do cartão de débito. Acho que está faltando um número; que deve ter sido apagado com o tempo de uso; e que o motivo das minhas risadas é que pros amigos que pedi pra ser dependente – o Netflix te dá a opção de colocar até três ou quatro pessoas –, homens e mulheres, todos são dependentes de seus pais. Exceto dois: um, dependente do irmão; o outro, do ex-sogro. Lembrando desse último, ri mais ainda. "Isso é coisa de pai; é caso pro Fantástico", ela disse, rimos, e seguiu: "Os filhos são assim mesmo, meu filho: meio que dependentes". E me lembrei e expliquei pra ela que todos são profissionais e se viram sozinhos em SP; têm suas vidas e tal. Mas esse troço da dependência de alguma forma é geral. Há vínculos ainda, mesmo na fase adulta. Mesmo levando suas vidas como escolheram viver;

e lembrei do tal cordão umbilical que separa a gente da placenta. Me parece que essa separação, digamos assim, independência, não passa de uma metáfora. Os vínculos ficam, e são fortes. E conversamos ainda, até eu escolher, ainda na mesa, um livro pra ler. E antes mesmo de levantar, minha mãe ainda disparou essa: "Não fosse eu, meu filho, será que você estaria morando sozinho em São Paulo?".
Abaixei a cabeça.

Das regras de ser macho

"HOMEM não chora", cresci ouvindo isso. Funcionava para uns meninos. Para mim, não. O único momento em que eu poupava as lágrimas era quando minha mãe me batia. Só de pirraça, não chorava. Eu sacava que ela ficava irada. E eu gostava de ver a ira nos olhos de quem me machucava – somente por isso não chorava nessas horas. Das coisas medonhas que eu ouvi na infância, "Homem não chora", era das piores. Outra coisa: "Homem não cruza as pernas". Tinha essa. E tinha também que, "Homem tem que falar grosso", e de preferência, alto. Vestir camiseta cor-de-rosa, nem pensar. "Filho meu não veste rosinha". Regras. Detesto quando alguém impõe o que não estou a fim de fazer. Ter que ceder para agradar. Eu não sou esse cara – em qualquer relação. Não sou. Teve uma dessas regras ridículas que me deu muita raiva: foi quando eu nadava. Sempre gostei de nadar. Quando ia para a praia com minha mãe e meu irmão, eu não saía do mar. Gostava de ir pro fundo. E era sempre depois de pescar os peixinhos no Farol da Barra. Eu tinha doze anos quando assisti em algum programa na televisão que os nadadores profissionais raspavam as pernas para melhor deslizar na piscina durante as competições, e eu, como já nadava e competia com meus colegas e primos, raspei as minhas. Foi um choque. Minha mãe brigou comigo e meu padrasto me deu uma surra de cinto, porque "Homem não raspa as pernas".

Quando comecei a fazer teatro (tinha dezessete anos) o que eu mais ouvi foi que "Teatro é coisa de 'viado'". De nada adiantou. E nessa época ninguém podia fazer nada. Falar nada. Eu sabia o que eu queria. E já sabia meter o pé na porta, sem pena. Mas o machismo está enraizado e não é fácil extirpar.

Qualquer estrada

Pro meu amigo Tinho Safira

OUVINDO as histórias de viagem entre São Paulo e Lima (Peru), que o meu amigo Carcarah fez no começo do ano, percebendo seu entusiasmo, me lembrei das muitas viagens que fiz pelo sertão baiano com meu amigo Tinho Safira, falecido em 2015. O que me chamou atenção nos relatos do Carca foi o prazer de estar na estrada pilotando seu Jeep ao lado da sua namorada, Vanessa, sem a preocupação de chegar ao destino. Vi semelhanças nas viagens com Tinho. A gente também não tinha pressa de chegar. A cidade escolhida era apenas um pretexto pra cair na estrada ao som de rock, cerveja e diversão. A gente sempre parava em algum posto ou em algum bar na estrada pra comprar cerveja. Tinho sempre no volante. Exímio motorista, guiava como ninguém. Eu não gosto de dirigir. O meu lugar preferido dentro de um carro é no banco do carona, ou no banco traseiro. Dirigi por um curto período de tempo na adolescência quando ia buscar minha mãe na casa de alguma amiga ou no trabalho dela. Tinho no volante, e a gente bebendo na estrada. O som, sempre ligado; alto, na maioria das vezes. E sem pressa de chegar. A primeira viagem que fizemos foi pra Canudos, local onde houve a batalha relatada no livro *Os Sertões* de Euclides da Cunha. A viagem foi planejada no Bar do Espanha, Barris, bairro de Salvador, onde eu morava. Primeira parada foi em Serrinha. Depois, Caldas do Jorro. Uma vez lá, não encontramos mais vagas nas pousadas. Era carnaval. A gente entendeu. Procuramos informações e ficamos sabendo de uma senhora – não lembro o nome dela – que estava alugando uma de suas casas pra temporada. Alugamos e curtimos o Jorro por uma noite bebendo pelos bares e tomando banho na praça. No Jorro, as bicas com água termal, quente, ficam abertas o tempo todo. E seguimos no dia seguinte pela manhã. Primeira coisa: abastecer o tanque de gasolina, escolher o cd e parar no primeiro bar pra comprar cerveja, poucas, pra não esquentar. Canudos foi a primeira, mas sempre foi assim em outras que fizemos juntos: música rock, cerveja, muitos papos, muita diversão. Teve viagem pra Cruz das Almas, pelas cidades do recôncavo, pra Caldas de Cipó (todas em 2003). Mas todos esses destinos não eram importantes. Nunca foram. A gente queria era se divertir. Sem pressa. Como o Carcarah, a gente queria era cair na estrada. Qualquer estrada.

Dime store mystery

HOJE, eu acordei pensando nessa música, a que encerra "New York", meu disco preferido do Lou. Da tensão que há nela. Da batida. Do solo de guitarra. "New York" é um disco de crônicas em homenagem à "Grande Maçã". E esta "Dime store mystery" é pra Andy Warhol, o padrinho do Velvet Underground. "New York" só encontra páreo quando comparado a "Berlin", ou a "Songs for Drella". Acordei pensando nessa música, das minhas preferidas do Lou. Fazendo um retrospecto da sua obra, pontuei alguns discos. Algumas músicas. Me lembrei do choque que foi ter recebido a notícia de sua morte.

Também me lembrei que vomitei chegando em casa hoje de manhã, coisa que não faço há muito tempo. Não sou de vomitar. Deve ter algo errado. A última bebedeira foi "daquele jeito". Me despedi do Harry Potter, que me abraçou na porta da padaria. Lembro do Marião Bortolotto entrando na padoca. O Fernão absorto no meio do caminho. O Linguinha ficou na praça. "O Cupido" estava fechado. Que bom que estava fechado, caso contrário, o estrago seria maior. Agora está tudo bem.

Escovando os dentes, lembrei da feijoada na casa do Marião. Ele me convidou. Só que não vai dá pra ir. Com esta ressaca, sem condições de sair de casa e encarar uma feijoada.

Finalmente, ao som de "Dime store mystery", em pé ao lado da cama, abro a janela do meu quarto. Domingão cinzento, a cara de SP. A SP que eu adoro. Que eu escolhi. A SP que não me faz pensar em nenhum outro lugar pra viver.

Sincronicidade (Ou Golden slumbers)

Para Luiza

Eu estava conversando com a Luiza na noite de sábado no messenger. Em determinado momento, ela disse, com todo cuidado que: "Big Star é melhor do que Beatles". Eu adoro o Big Star, mas não gosto de ficar comparando. Ainda mais com Beatles. E ficamos no bate-papo...
No domingo ela veio me visitar. Conversamos muito nesta tarde. Havia dias que a gente não conversava tanto... Na hora de ir pra livraria, eu tomei banho e vesti a camiseta do Big Star que estava em cima da cadeira e saímos.
Uma vez na livraria, depois de tudo arrumado, recebo uma mensagem do meu amigo Fernão me convidando pro show do Paul McCartney. Em cima da hora. O ingresso era do Harry Potter que, pra variar, furou. A Luiza trabalhou pra mim e eu parti com o Fernão, que veio me buscar.
O show foi ótimo. A banda que acompanha o beatle é incrível. Das melhores. E o sir Paul estava em forma. Que bom. Depois de tantos clássicos dos Beatles, de sua carreira com os Wings, e solo, ele encerrou o show com o final de Abbey Road – começando com Golden slumbers. Impactante. Eu entendi a mensagem. Era o fim não só do

show, mas do cerne de sua obra. O que ele fez de melhor do ponto de vista artístico. Acho que é isso.

Voltamos pro teatro. No caminho, eu falei com o Fernão sobre o papo com a Luiza (Big Star x Beatles), e que por coincidência eu estava com a camiseta da banda de Memphis por debaixo da jaqueta, enquanto assistia ao show de um beatle. O Fernão riu. Bebemos mais uma e seguimos. Uma vez no teatro, contei pra Luiza como foi o show. Ela me disse, sorridente, que tinha vendido um livro.

Fechei a livraria. Luiza voltou pra casa comigo. Em casa, ela tomou um banho e pediu pra vestir uma camiseta minha. Pegou justamente a branca do quarteto de Liverpool. E enquanto eu tirava a minha e seguia para o banho, ela ria.

É provisório

ACORDEI quatro horas da tarde. Escovei os dentes, coloquei um disco do Roberto pra tocar, tomei café e voltei pra cama. No conforto da cama da minha mãe, que é enorme, entrei no Facebook. O primeiro texto que li foi do meu amigo Bortolotto. Fiquei tenso. Ele fala de fases. De ciclos. E o entendo muito bem. E de um possível fechamento do teatro. A gente sabe que isso vai acontecer. Qualquer hora dessas, as portas do lugar mais legal de SP vão fechar de vez. Fui até a geladeira e abri a primeira lata do dia. A tristeza só aumentando. Minha mãe estava lendo um jornal local e comentando sobre a dengue. Fui até a varanda. Na volta, ela disse:
"Ciso, fecha a porta e a janela".
"Por quê?".
"É que eu li no jornal que o mosquito da dengue entra nessas horas na casa da gente. É quando tá escurecendo, meu filho".
Eu ri pelo jeito como ela falou.
Como escreveu meu amigo Lucas Mayor em um de seus textos: "É provisório". Sim, é tudo provisório. O tea-

tro, os comentários da minha mãe, minha existência. Só as canções ficam. Inclusive as do Roberto.

Crônica da garota ruiva

Eu estava num sebo no centro da cidade. Calor de rachar. Escolhi um livro do Fante e outro do Buk e coloquei no balcão quando ela entrou. Voltei pra estante e continuei a "fuçar" os livros. Ela perguntou por livros do Kerouac. (E isto não é cena de filme). O brother apontou pra estante onde eu estava. Ela pediu um banco e sentou ao meu lado. Continuei em pé observando ela folhear Big Sur (meu livro preferido do beat). Ela é linda. Ruiva, branca, magra (aparentando vinte e dois, vinte e três anos). Em seguida pegou o Livro dos sonhos. Não resisti e indiquei Visões de Gerard. "Esse eu já li", falou tão de perto que deu pra sentir seu hálito. (E isto não é cena de filme). Fui até o balcão. Ela colou. Conversei com meu brother vendedor enquanto ela não tirava os olhos dos livros que eu havia escolhido. Voltei pra estante. Ela me seguiu e me pediu uma dica. Indiquei Crônicas de um amor louco. Mostrei o primeiro conto: "A mais linda mulher da cidade". "Este conto vai mudar a sua vida", eu disse. Ela se assustou, mas sorriu; agradeceu e ficou folheando o livro. Voltei pro balcão, paguei e fui embora. "Tchau". "Tchau". No caminho bateu uma coisa estranha. A tarde estava quente. Abafada. E meu humor não tava dos melhores. Mesmo assim resolvi voltar. Queria falar mais com ela. Foi o que fiz. Quando entrei no sebo, meu brother percebeu que eu a estava procurando e disparou essa: "Ela se foi, Buenas."

Na varanda

NA VARANDA da casa da minha mãe, passando o carnaval, sossegado, ouço uma tentativa de diálogo entre Cauã, o menino que mora com sua tia, Dita, uma senhorinha pacata, silenciosa, aqui ao lado. Dona Dita tem o costume de ficar na varanda do seu apartamento fumando e segurando um copo. Nunca tive a curiosidade de saber o que ela costuma beber enquanto fuma seu cigarro sossegadamente. Foi minha mãe quem me disse: "Ela bebe vinho todos os dias, meu filho. É danadinha no vinho". Dona Dita tem o maior carinho pelo Cauã, que tem nove anos. Costumo parar pra prestar atenção em suas conversas. O Cauã a interroga constantemente, xinga, e eu acho engraçado. É que tem um carinho, um amor, por trás dos xingamentos. Vejo um misto de admiração e de reprovação nos xingamentos do Cauã. E sem essas de idade; de ser criança. Eu, do alto dos meus quarenta e cinco anos, faço o mesmo com pessoas que gosto e admiro. É um tiro que você dá doido pra errar o alvo. E ouvi a tentativa de diálogo do Cauã com sua tia que ele tanto admira. Ele perguntou, cuidadoso: "Me explique uma coisa, assim, como que é ser velha?". Então me ajustei na cadeira curioso pela resposta. Até fiz um movimento no pescoço na tentativa de ouvir atentamente. E dona Dita, do alto dos seus setenta e dois anos, calada estava, calada ficou.

Rockaway beach

SAINDO da Kaya, a melhor loja de discos que já teve em Salvador, com o Rocket to Russia embaixo do braço na companhia da minha então namorada, Vivian, num sábado à tarde, a caminho do supermercado pra comprar nescau e sucrilhos pro café da manhã do dia seguinte e cervejas para aquela noite, eu tinha uma noção do que ia ouvir. Já conhecia os Ramones, mas não este disco exatamente (Isto foi em 1991). Uma vez em casa, e com as caixas de som prestes a pifar, estava lá o som que veio pra ficar. Mais um. Rocket to Russia não tem a fúria punk de um Nevermind the bollocks here's the Sex Pistols. Não tem. Mas tem algo que cativa além da postura punk rocker: o carisma. Todo adolescente que conheci naquela época gostava dos caras de Forest Hills, bairro nova-iorquino, onde a banda foi formada. Lembrei do chiclete Ploc – o do papel amarelo – com sabor tutti-fruti que eu mascava na minha infância quando o disco começou a tocar. "Rockway Beach" é do tempo em que eu ia à praia tirar onda de surfista, coisa que eu nunca fui; mas eu achava bacana o surf; gostava de ficar entre a turma de surfistas mesmo sabendo que aquele universo não era o meu. Os papos não batiam. Estou falando das minhas férias em Salvador aos treze, catorze anos. A gente ia pra praia tomar banho de mar e tirar onda de surfista: Lu (meu primo falecido em 2004), Cássio (meu irmão), e eu. Depois, sempre aos sábados, íamos pro Shopping Iguatemi tomar sorvete e paquerar as meninas. Em vão. Mas era legal nossas tardes de sábado. Conseguir pegar o telefone da gata era um acontecimento. E tinha um lance de turma. De ficar entre a turma que ali estava. Naquele tempo, era perceptível que as pessoas gostavam de se aproximar umas das outras. Diferente de hoje. A isolação, o oposto daquela época. Hoje, vejo uma geração trancada em seu quarto em conexão com o planeta no que melhor ele pode dar. Escolhas. E eu entendo. Não quero dizer com isso que minha geração era melhor. Que a sua, a atual, não está com nada. A minha, por exemplo, não deu em nada. Vejo é coroas rabugentos reclamando da atual e ao mesmo tempo vangloriando a sua. A minha foi legal. Mesmo. Mas isso não quer dizer que tenha sido melhor. Chamo atenção pra geração Punk pelo dedo tocado na ferida. "Deu certo", falei uma vez pra um amigo detrator dos Ramones. Ele devolveu "Menudo também deu." Menudo não deu em nada. Mas eu entendo o meu amigo. A fúria punk varreu o planeta. Incomodou. Torceu o nariz de muita gente. O sorriso estampou na cara da juventude. A minha, pegou carona no finalzinho dessa história toda. Geração esta que enchia a cara na noite, na madrugada, e no dia seguinte tomava o café da manhã com nescau e sucrilhos.

Silvia

Estou em falta com você. Foi minha mãe que me deu a notícia por mensagem. Confesso que não fiquei surpreso. Eu sabia do seu precário estado de saúde. Quando acordei e li a notícia, um flashback passou como um filme diante da janela aberta do meu quarto num dia cinzento como é de costume em sp e a primeira imagem que me veio foi a da gente deitado na cama do seu quarto que ficava pra rua, a Direita de Santo Antônio, instantes antes de dormir; naquele momento eu te disse que quando crescesse ia ser médico, arquiteto ou engenheiro; eu devia ter uns cinco ou seis anos e me veio essas profissões no momento em que eu estava deitado ao seu lado sentindo o seu cheiro, um misto de cigarro com perfume e talco – adorava essa mistura que exalava do seu corpo: cigarro, perfume e talco. Eu gostava de passar talco antes de dormir (só por sua causa). E você me pareceu orgulhosa de mim. Seus olhos brilharam naquele momento e você me incentivou a estudar. E eu prometi que ia estudar pra ser médico, arquiteto ou engenheiro. Na segunda cena deste filme, vi a gente na praia no momento em que eu bicava no seu copo de cerveja na barraca de Noca em Piatã e dos momentos do banho de mar em que você me levava pro fundo e dizia pra eu não me preocupar e eu não me preocupava porque eu confiava em você. Eu confiava. Eu sempre confiava. E o filme foi passando. Anos depois, já na adolescência, jogando bola quase todos os dias com meus colegas, resolvi que ia ser jogador de futebol e esta ideia não lhe encheu os olhos. Você não curtiu a ideia, mesmo assim me apoiou e sempre pareceu ter orgulho de mim. Mas já na fase ali entre o fim da adolescência e a fase adulta, eu resolvi fazer teatro e pela primeira vez você me chamou atenção: fazer teatro não lhe pareceu boa coisa. Parecia que havia lhe decepcionado. E como você bradava. Educadamente, mas bradava. Mesmo assim eu ainda enxergava o orgulho que você tinha de mim através do olhar e das coisas que eu ouvia você falar ao meu respeito. Veio a fase adulta. Me casei, virei pai de família. Trabalhei no comércio e voltei pro teatro anos depois. Fui pai de novo. Trabalhei numa repartição pública. Depois no ramo dos discos, dos livros, e viajei pro exterior quando meu casamento acabou. Voltei e continuei no ramo dos discos, dos livros. Passei por momentos difíceis – você acompanhou tudo de perto e me apoiou em tudo. Foi amiga mais uma vez. Até que um dia eu me mudei pra SP e a gente passou a se ver muito pouco, principalmente nos últimos anos de sua vida. Silvia, eu quero que você saiba que eu estou bem. Quero que me perdoe por não ter seguido o caminho que prometi quando criança e depois quando adolescente nestas fases da vida em que a gente sonha com mais intensidade e pureza. Quero que você saiba que apesar do rumo desenfreado que minha vida teve, eu estou bem. Eu faço o que gosto. Vendo livros e discos na noite adentrando a madrugada na minha livraria que eu cuido com muito carinho. Silvia, obrigado por apostar nos meus sonhos. Pelo zelo. Pelo carinho. E onde quer que você esteja agora, saiba que eu estou bem. Silvia, eu estou bem.

E nunca mais voltarem
(de quando eu morava no teatro)

Eu estava sentado em uma das mesas do bar do teatro lendo a biografia do Chet Baker "No fundo de um sonho" quando uma amiga se aproximou.

– Buenas, posso sentar?
– Claro, senta aí.

Eu percebi que ela estava um pouco nervosa.

– O que houve?
– Tá vendo aquele motoqueiro? Ele tá dando em cima de mim. Cara insuportável!

Ela sentou ao meu lado e, de repente, o cara colou na mesa afastando o meu livro pra pedir um abraço a ela, que ficou sem jeito. O cara insistiu. Agora é assim: o babaca pra se aproximar da mulher pede um abraço. Fiquei na minha; chega de confusão – já basta a que eu me meti na semana passada. Ele perguntou o nome dela. Sem jeito, ela respondeu. Ele insistiu no abraço. Ela acabou dando. Ele falou umas merdas e caiu fora.

– É complicado ser mulher, Buenas.
– Por que você deu o abraço se não tava com vontade?
– Você não viu como ele tava?

– Vi, e daí? Se imponha. Só por que ele pediu você tem que dar?

Contei sobre a confusão que eu me meti na semana passada. Que quase quebrei o sujeito. Falei dos caras que chegam nas mulheres aqui no bar. De como é impressionante as cenas que vejo da livraria. Uma mulher não pode chegar sozinha e pedir uma cerveja que logo cola um. Dia desses foram dois. Um de cada vez. Ela tirou de letra. Bebeu da cerveja dos dois e saiu elegantemente assim como entrou. Eles ficaram com cara de trouxa. Da livraria eu só observo.

No fim de semana um amigo veio com essa:

– Buenas, fique calmo. As mulheres são provocativas.

Minha amiga voltou pra mesa que estava com uma turma. Eu voltei pra livraria com a incômoda sensação de que um dia elas podem ir. E nunca mais voltarem.

Charlotte Sometimes

DAS COISAS que eu mais curto, me divirto aqui na livraria, é quando as pessoas vêm me cumprimentar, e eu, sem jeito, cumprimento por educação. Porque a verdade é que eu não lembro da maioria dessas pessoas. Das conversas. Do que essas pessoas compraram na minha mão. Às vezes, eu fico até com vergonha. Mas me divirto assim mesmo. E bebo. E ouço música no headphone do meu notebook. Agora mesmo toca 'Charlotte sometimes', minha canção preferida do The Cure, banda improvável de tocar aqui no Cemitério de Automóveis; mas isso pouco importa. Cada um, cada um. E na arte não existe certo, nem errado. E a madrugada segue...

Keith

"Eu vi os expoentes da minha geração destruídos pela loucura, morrendo de fome, histéricos, nus, arrastando-se pelas ruas do bairro negro de madrugada em busca de uma dose violenta de qualquer coisa" – assim começa o célebre e genial poema "Uivo" do Allen Ginsberg. Hoje, é o aniversário de Keith Richards (74 anos). 54 deles, compondo, cantando e tocando guitarra nos Rolling Stones. Os primeiros versos de "Uivo" me fizeram lembrar de quanta gente boa partiu por não conseguir segurar a onda. Na festa. Gente como Keith ainda está por aqui. Ileso. Uns conseguem passar numa boa como se nada tivesse acontecido, já outros, não. Não conseguem. Se permitem (!?) serem jogados e engolidos pelo caminhão do lixo junto com garrafas, latinhas e todo o resto do que sobrou. Eu tiro meu chapéu pra gente como esse cara. 74 anos, hoje. Um cara que soube curtir a festa e sair ileso pra contar a história.

Madrugada de carnaval

MADRUGADA de carnaval. Antes mesmo de tentar dormir, abro o SoundCloud pra ouvir "Vida noturna", do Aldir Blanc. Há pouco, estava na varanda apreciando a noite. A chuva. Aqui em Paranaguá não tem carnaval. Isto é bom. Aldir é a minha companhia agora já que minha mãe está dormindo. Ela dorme cedo. Diferente de mim, o "Corujão da madrugada" – apelido dado por ela mesma ainda na minha infância. Gosto do Aldir, o compositor e cronista das ruas e bares do Rio de Janeiro. Li seus livros que foram relançados em comemoração aos seus setenta anos. Gosto de todos. Mas o que mais me pega é "O Gabinete do doutor Blanc", uma compilação de crônicas sobre jazz e literatura. São curtas, diretas, certeiras, e muito bem escritas. O outro "Direto do balcão", tem ambiência de bar. A vida de seus frequentadores. O assunto do momento na mídia com aquele clima que você deve saber como é. Um lugar que me deixa à vontade. Que é prazeroso estar. Tem uma aura que me é familiar – meus avós e tias já tiveram um bar. Bar é um lugar que pode arruinar a vida de qualquer um. Mas o bar também pode ser uma terapia. Tem o clima. A turma.

O som que sai das caixas. Garçons, garçonetes. Uma vez escrevi que sou tarado por garçonetes e fui chamado de safado. Admiro as garçonetes. É fato que já saí com algumas quando morava em Salvador. A saideira em outro bar: muitas gostam. E eu também. Neste "Vida noturna", paira este clima. De conforto. Ora pelas letras, pelos arranjos, claro, e a voz aveludada do Aldir, que canta saboreando cada palavra no tempo certo. Sem pressa. Estilo Tom Waits, se é que você me entende. Tudo é sublime nesta que é, há muitos anos, minha companhia na madrugada em qualquer época do ano. "Vida noturna", e não falo somente sobre a noite quando me refiro aos bares. Tem o dia. E eu tinha esse hábito quando morava em Salvador: beber de dia. Principalmente nos fins de semana. Uma vez morando em SP, trabalhando na livraria de noite (madrugada adentro), e, às vezes, se estendendo até o nascer do dia, fica complicado pra mim manter o hábito que tinha lá. Mesmo assim, há dias em que dá pra beber nas tardes de sábado, ou de domingo, no Bixiga, onde moro. Gosto do clima pacato do bairro. Da sabedoria dos garçons e das garçonetes, de uma gente que tira de letra a formalidade da cidade.

Frank

Uma vez, falei pro meu amigo Fernão Vale que eu gosto mais do Frank Black em carreira solo do que dos Pixies, na mesa do Filial, numa dessas madrugadas em que a gente bebe depois de fechar a Merça, às segundas-feiras. Ele ficou surpreso. Falando baixinho, disse dando uns toques na mesa: "Sério?". Acho que ele nunca ouviu isso de um amigo, ou de quem quer que seja. E eu entendo o Fernão. Todo mundo gosta mais é dos Pixies. E eu entendo os fãs da banda do Frank Black. Acho que nessas horas o saudosismo pesa. Ou então, eu é que sou chato mesmo pro lado de música e da literatura. Sou minoria. Andei vendo as listas de "Melhores do ano" de alguns sites de música e literatura. Eu nunca me encaixo neles. Mas também não fico surpreso. Já encostei o taco de bilhar no canto da sala faz tempo. A palheta do futebol de botão nem existe mais. Enquanto uma turma torce por um show do War on Drugs em SP, eu fico do lado de cá imaginando um do Howe Gelb com a Lonna Kelley, em algum bar, tocando as músicas do último "Further standards", álbum do ano passado que eu tenho a impressão de que ninguém ouviu. Senti falta foi da

No canto da quadra 91

lista do Kid Vinil, esse não falhava. Ouvindo "Oddballs", tenho cada vez mais a sensação de estar certo quando afirmo que a carreira do Frank sem os Pixies é mais consistente exatamente no momento em que ouço "Announcement". Frank está cantando melhor. O som tem peso e melodia em perfeita conjunção. A melodia é dessas que dá pra você sair assobiando por aí. E não tenho dúvida alguma em afirmar que ele está cantando melhor. The Catholics, a banda de apoio em alguns discos, são melhores músicos do que seus comparsas de outrora. Mesmo. E pensar que "Oddballs", o disco que ouço agora, é coletânea de 'B-sides'. E que "Announcement" é apenas mais um petardo. Frank tem um disco no estilo dos mestres. Dos seus ídolos. Estilo Neil Young. Honeycomb foi gravado em Nashville em companhia de cobras criadas no ninho da meca country americana e arredores. Neste ninho, artistas do calibre de Buddy Miller, Dan Penn e Spooner Oldham— estes dois últimos foram os caras que praticamente lançaram Alex Chilton, nos vocais, pro mundo da música na segunda metade dos anos sessenta à frente dos The Box Tops. Alex Chilton, o cara que entraria pro Big Star no começo dos anos setenta. Frank é fã. Honeycomb é country da melhor estirpe. Só baladas. Bem cantadas. Bem tocadas.

Agora, eu vou ouvir o Frank aqui no meu canto sossegado com uma latinha na mão. E vocês não precisam concordar com nada do que eu tentei dizer.

O que importa

COMEÇANDO os serviços um pouco tarde, fico observando um casal aqui na livraria. Ele, depois de mexer em todos os livros e em todos os discos, me perguntou se tem algum disco do Belchior. "Tem mas acabou." Ele riu da minha resposta. Ela pergunta: "Quem é Belchior, amor?". "É aquele que canta", e cantarola pra ela: "Eu sou apenas um rapaz...". Ela, entusiasmada: "Ah, eu conheço. Gosto daquela: são os olhos, são as asas, cabelos de Avôhai." Ele ri. "Essa é do Zé Ramalho, amor". Ela ri. Mas nada disso importa. O que importa é que ele convidou ela pra jantar e ela aceitou. Em seguida desceram a rua de mãos dadas. Isso importa. E provavelmente eles vão dar 'aquela trepada' na madruga. Isso importa. Porque é isso que fica.

Matt Dillon, o melhor Bukowski

MUITA gente prefere Mickey Rourke interpretando Buk no filme "Barfly". Ben Gazzara em "Crônica de um amor louco", pouca gente comenta – e este eu passo. Pra mim, Mickey faz um estereótipo do Buk. O bêbado encrenqueiro o tempo todo. Que caminha torto o tempo todo. Se um roteirista preparasse um texto pro Mickey interpretar um outro personagem, seria das melhores coisas que já vi no cinema. Um bêbado em que em nenhum momento fosse comparado a Bukowski. Mas sendo o Buk que ele fez, do jeito como ele fez, não dá. Aquele não é nem de longe o grande Charles Bukowski. O Bukowski que eu sempre imaginei tá na interpretação do Dillon no filme Factotum. Simples, econômico. O bêbado com "aquele" estilo. O que não dá na pinta – salvo raras exceções. O que eu costumo chamar de "O cara que sabe beber" – salvo raras exceções. É que a gente perde as estribeiras, ocasionalmente, e isto é normal. É humano. Mas o tempo todo, não. Perceba como ele pega no cigarro; come ele bebe. É bem semelhante ao Buk dos documentários. Das entrevistas. Até a voz e o modo de se expressar são semelhantes. E a bebedeira tá lá.

O cara que se ferra o tempo todo. Que tá na maioria das vezes em companhia de uma mulher. Que bebe o tempo todo. Que fuma o tempo todo. Tá lá o Bukowski que eu sempre enxerguei. O meu Bukowski.

Dj do bar

Quem conhece a minha livraria, a Buenas Bookstore, que funciona no teatro Cemitério de Automóveis (Frei Caneca, 384 – sp) sabe que costumo ficar sentado numa poltrona diante de um MacBook – presente do meu amigo Nosferatu (um cara que te dá um MacBook de presente só pode ser amigo). Também leio e bebo cerveja; às vezes, vinho ou bourbon. O copo tá sempre ao meu lado. Engraçado, e foi uma coisa que nunca tinha reparado, é que tem cliente que pensa que sou eu que coloca o som que a turma ouve no bar. Eu costumo usar o headphone pra acessar o Netflix, Youtube, Spotify, entre outros sites. Um cliente só se tocou, dia desses, porque viu o Carcarah discotecando, então ele veio me falar sobre. Um outro me pediu, no sábado, pra "tocar" The Clash. Eu ri. E aproveito pra dizer que eu me divirto muito no meu trabalho. A maioria das crônicas que posto no Facebook, escrevo rindo. Racho o bico. Tem valido.

É degradante

Eu odeio cocaína. Cheirei pela primeira vez quando fui ao Rio de Janeiro assistir ao show dos Rolling Stones, a Voodoo Lounge Tour, no Maracanã. Foi no morro do Jacarezinho que eu conheci o pó branco. Meu amigo Bad Boy estava comigo. Viajamos de Salvador para o Rio de ônibus. Uma boa viagem. Divertida. A gente bebia em toda parada que o ônibus fazia e curtia as coisas do cotidiano. Da vida. Foram mais de vinte e quatro horas na estrada. Uma vez no Rio, ficamos hospedados na casa de uma das irmãs dele que morava em Madureira. Ela morava com o marido e dois cães da raça fila brasileiro. Mas a gente dava uns giros e acabava dormindo em outros lugares; como na Penha, na casa de uma prima dele; no Méier, na casa do meu tio Washington, e no Jacaré, onde morava outra irmã dele – eu não lembro o nome de nenhuma delas. Isto foi em 1995. Verão. A temperatura diária batia nos quarenta graus. Eu não suporto o calor. E foi no Jacarezinho, que fica ao lado do Jacaré, que eu cheirei pela primeira vez – no quintal da casa de dois traficantes. O marido da irmã de Bad Boy foi criado lá e garantiu que era seguro. Era "de boa". Várias carreiras depois, compramos algumas "petecas" e fomos beber num boteco com os traficas. Os caras foram legais. Perguntaram sobre a gente. Falamos. Falamos do show enquanto o pó ia se esparramando pelo meu organismo. A primeira vez foi massa. As próximas, também. Eu tinha controle. Tinha consciência do que estava fazendo. Eu tinha vinte e dois anos – fase em que a gente acha que pode tudo. Hoje, sei que não. E não faria isso de novo. A gente caleja com o tempo.

De volta a Salvador, um brother nosso me pediu pra que eu guardasse trezentos gramas de pó vindo da Colômbia na minha casa. Eu morava com minha mãe. Segundo ele, ia ser só esta vez e que no prazo de quinze dias ele pegaria o restante de volta. Neste prazo, ele sempre aparecia lá em casa pra pegar uma parte e sair distribuindo. Semanas depois, apareceu com quinhentos gramas. Eu topei. No mês seguinte, setecentos gramas. E nunca me pagava pela estocagem segura. E eu sempre tirava um pouquinho pra cheirar; ele sabia e não dizia nada. Eu não sacava a intenção dele. Hoje, eu enxergo melhor essas coisas. Sei muito bem o que ele queria guardando sua mercadoria em minha casa. Mas, eu tinha controle sobre meus atos. Nunca gostei de cheirar em festas. Bares. Na rua. Gostava de cheirar em casa bebendo cerveja e ouvindo música.

Numa tarde de sábado, minha mãe estava fazendo faxina quando descobriu – dentro de uma caixa de papelão – embaixo da minha cama. Ela perguntou o que era aquela massa branca e de quem era. Eu falei toda a verdade. E não deu outra: "Vá devolver isso agora".

Na montanha-russa

Tô NA livraria bebendo sossegado quando o meu amigo Fernão Vale me enviou uma mensagem perguntando se eu quero ir pro show do Wilco. "Buenas, vc me paga depois quando puder." Meus amigos são assim. E é claro que eu topei. "Vou comprar agora e te falo."
Instantes depois, dois caras folgaram aqui no bar. Eles não conhecem o terreno que estão pisando. Tadinhos, mó dó. Folgaram ao ponto de baterem na porta do bar com muita força. Ah, tadinhos, mó dó.
(...)
Quando dei por mim, um dos caras tava caído no meio da rua. Eu não bati nele. Só joguei ele lá. A sorte do outro é que ele tava segurando um skate e isto serviu pra ele se defender. Ok. Muita sorte a dele.
Os caras foram embora. A gente entrou. Quando voltei pra livraria, tinha uma mensagem do Fernão confirmando a compra do ingresso pro show do Wilco. É a vida. Repleta de altos e baixos. De momentos tranquilos. E intranquilos. De silêncio. E de muito barulho.

A vida é perda

– Alô?
– Tarcísio?
– Grande Maurício...
– Segura a onda que eu tenho uma péssima notícia.
– O que houve, meu irmão?
– Mataram o Tinho.

"A vida é perda", escreveu meu amigo Lucas Mayor em um dos seus textos. Encontrei o Lucas no teatro na última sexta-feira e brinquei com ele citando uma passagem desse texto: "Perdi animais. Perdi pessoas. Perdi. Perdi. Só perdi". Ele riu. A vida é perda, Lucas, e eu nunca duvidei disso. Logo eu tão acostumado a perder. Às vezes, ganho, mas é raro. E ganhei você como meu amigo. A vida é cíclica. Agora, perdi Tinho. Mas ganhei sua amizade. Outras perdas virão. A gente sabe. Ganhos? Não sei. Quando Maurício me deu a notícia, fiquei desconsolado. Triste. Passei esses dias pensando no cara que ligava pros amigos só pra saber como eles estavam. E em seguida marcar um encontro tentando reunir todos eles. Não foram poucas as "farras", como ele gostava de chamar, que fizemos juntos. Aventuras pelo sertão baiano. Pelo recôncavo. Pelas ruas e bares de Salvador. Tinho adorava minhas dicas musicais. Ele estava sempre atento. Eu me sentia envaidecido quando ele elogiava uma dica minha. Na madrugada do último sábado, Tinho partiu deixando um legado: o da boa amizade. Humano, como pouco se vê por aí. Eu não estou sofrendo, Tinho. Dói. Mas, ao mesmo tempo sinto uma sensação boa por saber que eu fiz parte da sua trajetória. Sensação boa por saber que eu tive um amigo como você.

Pro bailinho

ACORDEI com o vizinho assando carne na varanda que liga o apartamento de minha mãe com o dele. A fumaça estava infestando o ambiente; o apartamento, insuportável. A temperatura devia estar batendo nos trinta e seis, trinta e sete graus e esquentava mais com aquele fumaceiro, insuportável. Fui até a porta e desejei o habitual "Feliz ano novo". Ele acenou com um sorriso desejando o mesmo. A namorada dele estava ao lado bebendo e falando com a cachorrinha. Entrei e fui escovar os dentes. Lavei o rosto. Mijei, e fui preparar meu café (minha mãe não estava em casa). Preparei meu café e liguei a televisão. Estava passando "Video Show", programa que eu execro. Mudei de canal. Nada de interessante. Desliguei a televisão. Tomei café e voltei pro quarto. Li um pouco e voltei pra varanda. O vizinho não estava mais com a namorada dele. Nem a cachorrinha estava mais. Continuei minha leitura. O céu estava azul com poucas nuvens brancas. Fiquei ali por alguns instantes. Minha mãe chegou e já foi logo me perguntando se eu queria cerveja. "Quero". "Quantas?". "Oito tá bom". "Só? O quê, gente...". "Tem uma na geladeira e uma garrafa de vinho. Deve dá". Ela foi comprar as cervejas. Fui tomar banho. Na volta, arrumou umas coisas pra mim: notebook em cima da mesa, almofadas nas cadeiras (a que eu sento e a que coloco o pé), ventilador ligado e a cerveja na mesa. Aberta. Sentei e comecei a navegar na internet com o fone de ouvido no máximo. Quando percebi que ela estava se arrumando, perguntei pra onde ela ia. "Pro bailinho". "Bailinho? Olha isso....". "Claro, meu filho. Perde a vida quem fica em casa vendo ela passar pela tela do computador ou da televisão". Sorriu e me mandou um beijo na saída. A essa altura eu já não mais sentia o cheiro da fumaça da carne assada do vizinho. A essa altura só o perfume da minha mãe pairava diante de um clima aprazível.

Entendo

É COMUM, entre a minha turma do Cemitério de Automóveis, da gente usar a expressão "Entendo" pra qualquer tipo de situação que a gente aceite ou não, entenda ou não. Concordar ou não parece pouco. Então a gente sempre manda o "Entendo". Recentemente, o Lucas comprou o livro da Angélica Freitas "Um útero é do tamanho de um punho" – título foda – e perguntou se eu gostei. Respondi que gosto muito do título; que tem força, e por isso cheguei nele; e completei que a força fica apenas no título. Ele rebateu com um "Entendo". Normalmente é assim. A gente não discute com afinco. Acho que porque estamos nessa há cinco anos. A gente conversa toda semana. A gente se conhece. A gente se entende. Uma vez, o Carcarah me deu pra eu vender o livro "Uma viagem ao redor da garrafa", da Olivia Laing, que eu indiquei pra ele e ele não gostou por ser "acadêmico demais". Entendo o Carcarah. Teve outros que ele me deu pra eu vender pelo mesmo motivo. E a gente racha a grana.

    Assistindo Joe, ótimo filme com Nicolas Cage, me lembrei dessa turma e do "Entendo". E é sobre o velho, pai do adolescente que trabalha pro Joe (Nicolas Cage), que eu quero falar. O velho, vivido pelo ator Gary Poulter, é um dos caras mais escrotos e inumanos que eu já vi. Doente do álcool – é assim que eu prefiro me referir a ele –, bebe todos os dias, o dia todo. Basta ter a bebida, qualquer uma que contenha álcool, pra se afundar no seu próprio precipício. Assistindo o filme, penso o tempo todo na minha relação com o álcool. Eu sou alcoólatra, sei disso. Muitos amigos são, embora alguns neguem. Eu sou e assumo. O pai do brother do filme, não. O velho é um doente (pra medicina alcoolismo é doença; pra mim, existem as etapas; e o velho chegou ao seu fim, a última etapa), desempregado, que bate no filho quando ele não leva dinheiro pra dentro de casa. E se irrita quando o brother gasta toda a grana com comida pra família, constituída, além do pai, por uma irmã (muda) e sua mãe. É deprimente a cena em que o velho escroto arremessa latas de comida no chão. E tem a cena em que ele mata outro velho sentado embaixo de uma árvore pra roubar a bebida e mais uns trocados. E tem o momento que me deu vontade de acabar de vez com a raça dele: é quando ele rouba a caminhonete do próprio filho e cai na estrada com a filha dentro. Em determinado momento, ele "aluga" sua própria filha pra dois desafetos do Joe por trinta dólares (cada). A ira subiu neste momento. Se tem uma coisa inadmissível pra mim é estupro. Eu não perdoo. Pra mim é fim de linha. Um cara pegar uma mulher à força pra transar é motivo de morte. Meus amigos provavelmente vão tentar me explicar a situação em que chegou o velho e porque ele está nessa. Entendo. Mas a minha vontade de esganá-lo continua. E não vai parar. Você me entende?

Três acontecimentos na livraria

1) COM o movimento fraco, dois livros pra terminar de ler, e dois roteiros pra desenvolver, eu deveria estar em casa. Mas, se estivesse em casa ia perder a da noite. A da madrugada. Um casal salvou o trampo de hoje. Ele, entusiasmado com a livraria – foi a primeira vez deles aqui –, me perguntou se tenho algum livro bom pra vender. Dei umas dicas e ele separou o Código de um cavaleiro do Ethan Hawke. Ela queria O Lobisomem. "Este eu não tenho". "Ah, que pena". "Escolha um, amor", ele disse. E ela, deslumbrada ao ver os livros Trópico de Câncer e Trópico de Capricórnio do Henry Miller: "É isso, amor! É isso! É isso! Isso é que é livro!". E veio pro meu lado: "Moço, tem Trópico de Sagitário?". Fiquei sem saber o que dizer até cair na real... Ela, pra ele: "Olha só, amor, é uma série sobre signos.... Ai, achei! Achei! Era tudo que eu queria!". Eu disse, constrangido: "É que esses livros são autobiográficos do Henry". E ela: "Mas tem o de Sagitário, de Touro, Áries, Leão... ". "Veja bem, moça... É que esses livros não são sobre signos. É o Henry narrando a vida dele". E ela pro amor dela: "Ah, mor, eu confundi. Depois você me dá O Lobisomem, então". Ele

pagou o Código de um cavaleiro e saiu com uma certeza: "Eu vou gostar desse livro. Parece com D. Quixote". "É por aí", eu disse.

2) Os caras chegaram e foram direto pro banheiro – dois caras. Ela tá com eles; e veio conversar comigo. "Moço, você acha que eles foram cheirar ou dar o cu um pro outro?". Eu ri, e respondi: "Eu não sei". Ela me pareceu aflita. "Sabe, é que um deles é viado". Eu não conheço ela, por isso fiquei na minha. "Ai moço, se eles tiverem dando o cu eu vou ficar puta". "Você namora com qual?", perguntei. "Eu fico com o de laranja. Mas se ele der o cu, ou se comer o outro eu vou ficar com ciúme".

Conversamos. Ela me fez várias perguntas sobre a livraria. Eu respondi pacientemente todas as perguntas. Depois ela veio com essa: "Moço, eles tão demorando muito. Ai, um deve tá comendo o cu do outro, entra lá, vê se tá rolando alguma coisa". "Menina, para com isso; pede uma cerveja. Relaxa". "Tá, vou pedir uma cerveja. Mas se eles tiverem trocando de cu vão se ferrar".

3) – Você tem algum livro do Piva?
Mostrei o livro do Piva. Ele me perguntou o preço e quis saber as formas de pagamento. Falei. E ele veio com essa:
– Eu posso ler no banheiro enquanto faço cocô?
"Não", respondi sem nem olhar pra cara do cara.
– Cara, desculpa pela sinceridade.
Não disse nada.
– Pô, cara, foi mal.

Não adianta nem tentar

SE EU fosse passar uma temporada numa ilha e tivesse que levar apenas dez discos, levaria o Roberto Carlos de 1971 no pacote. Sei que hoje ninguém fala mais em levar discos para uma ilha deserta. Novas tecnologias. Como sou antigo, esta ideia ainda paira em minha mente. Sou do tempo das cartas de amor. Enviei várias pra uma ex-namorada; e ficava na expectativa da resposta. De vez em quando vinha com um disco "De brinde"; era assim que eu chamava meu presente preferido, "De brinde". E sempre gravava fitas K7 pra ela. Eu gostava de gravar fitas K7. E quando era pra ela, tinha um ritual: a ordem das músicas. Tinha que fazer sentido uma após a outra anotadas na folha do caderno, escolhidas a dedo. Eu caprichava na seleção. E sempre dava fitas em todas as datas comemorativas até que um dia ela não aguentou mais e mandou a voadora: "Você só sabe me dá fita? Que merda!". Entendi o desabafo. Eu me conheço. Então pedi desculpas e comecei a investir em novos presentes. Já os que ela me dava, discos, nunca enjoei. E ela me deu por uns bons anos. Esse do Roberto foi um deles (já na era CD), que começa com "Detalhes", a mais bela canção de amor escrita na língua portuguesa, era um dos muitos tocados nas reuniões familiares. O que me derruba. Desde a primeira faixa. Nocaute. "Não adianta nem tentar me esquecer", é assim que começa. Na infância, eu não entendia porque minha mãe chorava quando ouvia "Detalhes". Eu podia estar brincando, me divertindo, mas era só notar as lágrimas escorrerem pelo canto dos seus olhos que eu perdia a vontade de brincar. De me divertir. Não queria fazer mais nada. Na época, eu não entendia. Hoje eu entendo. Às vezes penso que viver na inocência é bem menos doloroso. Bem menos cruel. A vida e suas vicissitudes. "Como 2 e 2" é de Caetano, um presente pro Roberto, que esteve em Londres na época do exílio e fez pra ele "Debaixo dos caracóis dos seus cabelos". E eu adoro. Um blues arrebatador. A batida. O coro. "A namorada", já mandei pra uma ex-namorada (outra) como pedido de namoro, ou quase isso. Funcionou. Ela chorou quando ouviu. "Você não sabe o que vai perder" é embaladinha. Anima. Já "Traumas" é pra afundar. "Sono estremecido", bem sei. Sorte que tenho as tarjas pretas que me acompanham e resolvem certas coisas mesmo que sejam momentâneas. Paliativos são bem-vindos. São ilusórios. Mas deixa assim. Deixa minha mente criar coisas que prefiro que você não saiba. Somente eu vou suportar. A audição vai rolando. Rolando. Em "Se eu partir" é estremecimento acordado mesmo. E vivo pensando nessas coisas. Minha mãe é a primeira a ser lembrada. "De tanto amor" é uma das mais belas do repertório de Roberto e Erasmo. Dessas canções que me fazem parar tudo pra prestar atenção e esperar pela derradeira "Amada amante". Meu cartão de visitas. Ou quase isso. Uma vez falei pro meu amigo Ricardo Spencer que tenho a impressão que sou melhor amante do que namorado. Ele ficou me olhando com uma interrogação. Tenho esta impressão, Spencer. E vou dormir com essa sem mesmo saber porquê.

Rua Guaianases, embrião da Cracolândia

EU MOREI na Rua Guaianases, embrião da Cracolândia (centro de São Paulo), por quatro anos. Foi o meu segundo endereço na "Selva de Pedra". No começo eu me assustei com a quantidade de nóias que viviam por lá há muitos anos – segundo os antigos moradores.

Desde o começo do ano (isto aconteceu em 2012) quando o governador Alckmin – uma espécie de Hitler versão camuflada –, lembrando a perversidade que os moradores de Pinheirinho sofreram neste mesmo ano, desabrigou esses seres que mais parecem zumbis, da Cracolândia, que fica próximo à Estação da Luz, perto do apartamento onde morei, que as coisas só têm piorado.

Todos os dias, principalmente à noite, os policiais passavam espantando uma corja com mais de duzentos deles; que não adiantava nada, pois logo voltavam lotando a rua e trazendo transtornos para os moradores com suas algazarras, fumando a pedra e aprontando das suas.

A polícia, acreditando que está cumprindo com o seu papel, e a sociedade, fingindo acreditar que eles vão resolver este tipo de problema, e assim transformam um trabalho que deveria ser sério em brincadeira de gato e rato.

Eu ficava na varanda do apartamento observando tudo e analisando as coisas...

Uma noite vi um policial dormindo no banco do carona enquanto seu colega, ao volante, espantava a corja. Como eu queria ter uma câmera naquele momento (mesmo sabendo que não ia dá em nada). Também já vi um policial esticando os braços para fora da viatura para pegar 'algo' com um morador de rua.

Eu tenho nojo de políticos e odeio os bandidos fardados.

Para aumentar o meu desprezo por eles, numa sexta-feira à noite, quando eu estava chegando do trabalho, vi dois policiais algemando um rapaz na porta de um bar – eu não sei o que aconteceu. Sei que ao lado do rapaz tinha uma mulher segurando um menino que estava transtornado e gritando desesperadamente para os policias "Larguem meu pai, moço! Larguem ele!".

O menino conseguiu se safar da mãe e pendurou-se no pescoço de um dos policiais pedindo para que soltasse o pai. Aquela cena acabou com minha noite de sono.

As lágrimas dele cortaram meu coração. "Gente, faz alguma coisa!", ele gritava. Me deu vontade de intervir, mas sabia que, se fizesse, iria preso e tomaria porrada.

Imediatamente oito carros da polícia invadiram a rua com seu som ridículo, e estridente, para pegarem o cara algemado que estava visivelmente irritado e humilhado com todo o ocorrido.

Anos depois, me mudei. Mas vez ou outra, aquela cena ainda me tira o sono.

[*Texto escrito em 2012 em* SP *e reescrito em 2017 em Paranaguá-*PR]

Fotografia 3 × 4

ESSA eu ouvi pela primeira vez no atelier do meu amigo Nelsinho Magalhães. Eu tinha dezoito anos. Ele tava pintando quando eu cheguei. Tinha ido lá pra pedir emprestado, mais uma vez, Os dragões não conhecem o paraíso do Caio Fernando. Ele me emprestou. Nelsinho sempre foi paciente comigo. Então eu sentei na escada do atelier e li mais uma vez o conto Dama da noite. No aparelho de som tocava o lp Alucinação do Belchior. Nunca tinha ouvido. Continuei na escada e escutei o disco todo. Foi ouvindo Fotografia 3 x 4 com o Caio nas minhas mãos que eu saquei o rumo que minha vida ia ter a partir daquele momento. E não me enganei. E nunca me arrependi de nada.

Acre da Lucrecia

Escolhi *Acre*, da Lucrecia Zappi, como um dos cinco melhores livros lançados em 2017. Falei pra ela – que me presenteou com um exemplar no dia do lançamento – Acre ainda vai pras telas dos cinemas. Ela não levou fé e me questionou. Acre é tenso do começo ao fim. Tem clima de suspense logo no primeiro capítulo quando acontece algo que o leitor ainda não sabe bem o quê é. Até então, não sabemos. De algo feito escondido. Como na adolescência em que a gente beija atrás do muro ou no banheiro ou em qualquer lugar com medo de que alguém veja. Alguém descubra. É mais ou menos assim: num apartamento localizado na Vila Buarque, centro de SP, vive um casal (Oscar e Marcela). Ao lado do apartamento deste casal, vive uma senhora, sozinha. É solitária e não é por opção. É o que chamo de destino. Destino este que trouxe seu filho, Nelson, do Acre, de volta pra morar com ela. A tensão começa quando Nelson se encontra com Marcela, que foi namorada dele na adolescência em Santos. O marido dela, Oscar, é desafeto de Nelson. Está tudo sendo contado nas próximas páginas com detalhes entre passado e presente a vida desses personagens. De como quando viveram em Santos ao presente na Vila Buarque com a chegada do novo morador. Uma coisa que me chamou atenção desde o primeiro capítulo é o olhar da Lucrecia ao narrar a história na voz masculina. O narrador é o Oscar. O olhar masculino. A insegurança masculina. O ciúme, universal. O mistério. O sufoco. Tudo sendo contado de uma forma que te convence sem pesar. Sem levantar bandeira. Lucrecia é uma grande escritora. Das melhores da atual literatura brasileira. Ou melhor: mundial. Nascida na Argentina, viveu no Brasil e no México. Atualmente, vive em Nova York. De retorno a SP pra participar de eventos literários, a gente conversou sobre os detalhes da capa, que é a fachada do prédio em que ela morou na Vila Buarque. Do bairro. Dos personagens. Eu poderia ter questionado mais e saber o que levou ela a escrever o livro e as verdades que estão por trás da trama. Essas coisas. Mas preferi não perguntar muito. Prefiri pensar em tudo que foi lido do meu jeito. Da forma como eu enxerguei nas páginas deste que já é um dos meus livros preferidos. E, tenho certeza, vai pras telas dos cinemas.

Aproveita

LENDO sobre cerveja trapista (cerveja produzida em mosteiros pelos monges beneditinos ou supervisionado por eles), e seu alto preço, me lembrei de um cliente que eu tive na época em que trabalhava no ramo de vinhos, entre outros tipos de bebida, em uma adega de Salvador. O cara chegou com uma garrafa de whisky escocês no valor médio, hoje, de quinhentos reais, e queria que a gente vendesse pra ele. Perguntei o motivo e ele veio com essa: "Eu ganhei de presente. Como não tenho cacife pra beber uma bebida cara como esta, prefiro vender e aproveitar a grana com outra coisa". Cacife. "Mas foi presente", argumentei. Mesmo assim, o cara não quis saber. Deixou a garrafa pra gente vender pra ele e caiu fora. Me lembrei desse caso agora e da grana que eu já gastei com cervejas importadas e artesanais. Nunca me imaginei fazendo o que este cara fez. Eu sempre bebi todas as bebidas caras que eu ganhei de presente. E bebo com o mesmo prazer de quando compro. Se você me der uma garrafa de whisky no valor de mil reais, tenha certeza que eu vou beber. Comigo não tem essa de datas comemorativas ou "aquele momento especial".

O meu momento especial sou eu quem faço. Sozinho ou acompanhado. Se bem que todo momento é especial pra mim, e tudo é motivo para um brinde; e não tem essa de deixar pra depois. Não penso na semana seguinte e mal lembro do dia de amanhã. Agora mesmo eu só não tô lá no teatro bebendo com a turma porque adoeci. Peguei uma gripe forte; dessas de derrubar. E derrubou mesmo. Meu coração dispara quando vou à farmácia ou ao supermercado – aproveitei o tempo livre pra fazer a barba, coisa que não gosto, e cortar o cabelo. Problema foi voltar da barbearia cansando e o coração na boca. Mas agora tá tudo certo. Tô melhor e amanhã já estarei de volta à ativa. Tava lendo sobre cervas trapistas e me lembrei do cara. Cara este completamente diferente deste ser que vos escreve.

Canalha?

O TEATRO não abriu hoje, por isso aproveitei pra beber por aí. Encontrei uma turma. Parei, bebi com eles, bati um papo, e um deles me chamou de canalha. Pensei que fosse zoeira. Não foi. Ele falou sério, mas de boa. Isto fez minha volta pra casa um pouco perturbada e pensativa. Uma vez aqui, ainda bem que eu tenho o meu universo próprio. O meu "Mundinho", como já foi dito por algumas "Ex". O que elas dizem no final da relação são coisas terríveis de se ouvir. São perversas. Seguram a onda durante a relação e deixam pra vomitar bem no fim. Botam tudo pra fora no apito final. É o desabafo. E fica a impressão de que estão fazendo tudo isso porque sabem que acabou e que não tem volta. "Agora posso falar." E falam. Berram. Expurgam. "EU NÃO AGUENTAVA MAIS AQUELA LUZ ACESA DE MADRUGADA COM ESTA MERDA DE SOM BEM ALTO SAINDO DESTA MERDA DE FONE DE OUVIDOS! EU NÃO AGUENTAVA MAIS, PORRA!". Diferente do começo, quando parecem entrar na onda. Só que não dura muito. E no final vem a voadora no peito.

Chegando em casa ainda um pouco perturbado, liguei o som. Wilco pra lembrar a noite de ontem com meus amigos Fernão Vale e Paula Miura. Foi uma noite agradável. O show do Wilco foi bom. O do Libertines foi empolgante. Me surpreendeu. Nem esperava tanto. Bela noite. Bebi o suficiente pra voltar pro teatro de bem com a vida. Chegando lá, bebi mais. Voltei pra casa no "Cu da madruga", caminhando, sozinho, e bebi ainda mais quando cheguei. Duas 'Longs' me aguardavam no frigobar. Foi uma noite agradável – a de ontem. Já a de hoje, um pouco perturbada. Fui chamado de canalha. E o cara falou sério. E eu nem sei porquê.

Uma pin-up na minha vida

(Primeiro Ato)

Dois estudantes estão no pátio da Faculdade conversando no momento do intervalo. Eles se paqueram. Querem namorar, mas há um impasse. Então eles negociam.
– Por que você não quer namorar comigo?
– Porque eu não acredito mais em relacionamentos.
– Que bobagem.
– Sério. Desencanei.
– Jura?
– Juro.
– A gente só vai ficar?
– A gente só vai ficar.
– Que chato.
(Pausa à la Dorival Caymmi)
– Eu bebo todos os dias.
– E daí?
– Costumo acordar tarde, muito tarde, e sempre mal-humorado.
– Sem problemas.

– Você sabe que eu trabalho até o cu da madruga.
– Você me falou naquele dia.
– (Pensativo) Sem implicâncias?
– Sem implicâncias.
– Então...
(Pausa à la Enéas)
– Então, tá.
– E pra namorar comigo tem que ir ao teatro co-mi-go. Tem que gostar de teatro.
– Não esqueça que eu moro em um.
– Isto não quer dizer nada.
– Como não?
– Você mora nele mas não sai dele. Só sai quando vai pra essa tal de Merça.
– Não implica com a Merça.
– Tá, não vou (Ela respira fundo): Mas você também não pode implicar com minhas festinhas na República.
– Que festinhas?
– Festinhas, ora. Festinhas.
– Hum...
– Ah, e tem outra.
(Prenúncio da terceira guerra mundial): Não pode implicar com meus nudes no facebook também.
(A primeira bomba foi lançada)
– Veja bem...
– Veja bem, nada. Não pode. E não pode me proibir de falar com meus ex.
(Um avião caiu)
– Aí, não.
– Aí, sim. Mais alguma coisa?

– Eu não faço questão alguma de conhecer seus amigos.
– Ah, não...

(Fim do primeiro ato)

Um poema

eu a peguei por trás
ela fazendo panquecas
não disse nada
e então eu elogiei sua nova tatuagem no tornozelo
ela levantou o calcanhar
e sua bunda empinou junto
belisquei o bico do seu peito
ela me pediu para comprar iogurte natural
"tem que ser desse aqui" e me mostrou o rótulo
eu gosto de ficar grudado nela
ela não gosta
a gente não se entende
ela fica com raiva toda vez que vou beber na Merça com
    meus amigos
eu não cedo aos seus caprichos
nem ela aos meus
até que um dia ela caiu fora
e tomou um novo rumo
deixando para trás recordações do que poderia ter sido.

Coppola é um amigo e cliente aqui do bar. Ele é desses que dorme na cadeira do bar. No sofá. No balcão. Agora ele tá dormindo no sofá que fica embaixo da escada abraçado a uma cerveja, cheia. O Linguinha foi passando, e eu disse:

– Linguinha, eu vou beber a cerveja do Coppola pra não esquentar.

– Buenas, a cerveja não pode sofrer.

Esta obra foi composta em Scala e impressa em papel polén bold 90g/m² para a Editora Reformatório em novembro de 2018, período em que o mercado editorial passa por turbulências, grandes redes de livrarias fechando suas lojas, o próprio Bar-Teatro Cemitério de Automóveis em vias de fechar suas portas, sem saber ainda se será possível manter o funcionamento, um novo governo eleito que promete acabar com o Ministério da Cultura, um momento de crise econômica, política e social no Brasil, enquanto Buenas se manteve sossegado e isolado, no seu canto da quadra.